LOTUS CONFIDENTIAL
ロータス コンフィデンシャル

今野 敏 *Bin Konno*

文藝春秋

ロータスコンフィデンシャル

カバー写真　Getty Images
装丁　征矢武

1

「いやはや、ロシアの外相か……」

白崎敬《しらさきたかし》が言った。倉島達夫《くらしまたつお》はそれに応じた。

「そうですね。ちょっと、忙しくなりそうです」

白崎は顔をしかめた。

「ちょっとどころじゃないだろう。えらい騒ぎじゃないか」

白崎は、ベテラン捜査員だ。今は倉島と同じ公安部外事一課第五係にいるのだが、公安マンの経験はそれほど長くはない。刑事の経験が長く、そのせいで、その雰囲気がいまだに抜けない。

倉島よりも十歳以上年上なので、白崎と話すときは自然と敬語になる。

倉島は言った。

「たいへんなのは警備部ですよ。自分らは、普段どおり、行確《こうかく》などの地味な仕事です」

行確は、行動確認の略だ。対象者に張り付いて、どこに行くか、誰と接触するかといったことを調べるのだ。公安捜査の基本だ。

「……とは言ってもなあ……。外相ともなると、随行員《ずいこう》もずいぶんいるだろう。その連中は、日本に来たついでに何をするかわからないし……」

倉島は笑った。

「それ、考え過ぎですよ。ロシア人がみんなスパイなわけじゃないんです」

「そりゃそうだろうが、FSBやSVRの連中がやってくるわけだろう？」

FSBは連邦保安庁、SVRは対外情報庁のことだ。どちらも、悪名高いKGBの後継組織だ。ソ連崩壊に伴い、KGBも解体されたが、何のことはない、名前を変えてしっかり生き残っているのだ。

「そりゃあ、保安要員は同行してくるでしょう」

「そういう連中をマークしなければならないんだろう？　それが俺たち、外事一課の役目だ」

「ですから……」

倉島は笑いを浮かべた。今度は苦笑だった。「行確ですよ。いつもの仕事と変わりはありません」

「手分けしてやるわけだろう？」

「そうなりますね」

「西本《にしもと》がゼロの研修に行っていて、うちの係は一人欠けているからなあ……」

「たしかに、西本は大きな戦力ですが、彼がいないからといって、外事一課全体から見れば、たいした問題ではないですよ」

「おまえさん、前向きだよなあ……。やっぱりゼロの研修を受けたやつは違うな……」

ゼロというのは、全国の公安の情報収集を統括している係だ。警察庁警備局警備企画課にあり、かつてはサクラ、あるいはチヨダなどと呼ばれた。今でも、チヨダと呼ばれることがある。

ゼロの研修は、全国の公安マンの憧れの的だ。警備企画課には二人の理事官がいて、その片方がゼロの研修を担当している。

彼は裏理事官と呼ばれ、また研修の卒業生たちからは、親愛の情を込めて「校長」などと呼ばれている。

情報収集活動のことを、公安では「作業」と呼ぶ。その言葉は、特別な意味を持っている。命懸けで行うインテリジェンスのことなのだ。

だから、公安マンは、軽々しく「作業」という言葉を使わない。

そして、実際にそうした活動を行う者たちを「作業班」と呼ぶ。

作業班のメンバーは、いずれもやり手の公安マンたちで、自分たちで調査や捜査を立案し、実行する。

そして、倉島はゼロの研修を経験し、外事一課第五係に所属しながら、作業班のメンバーでもある。

白崎は、この先もおそらくゼロの研修を受けることはないだろう。だから、彼は倉島に一目置いているのだ。

だからといって、白崎が無能だというわけではない。研修に選ばれないのは、主に年齢が理由だろう。

その日の午前十時、係員に集合がかかった。

上田晴信《うえだはるのぶ》係長が言った。

「ロシア外相の随行員の数は、総勢で六十五人。そのうち、行確対象者が五十人いる。それを、各担当に割り振る」

それから、上田係長は淡々と、対象者の名前と担当する班を発表していった。

倉島は白崎らと組んで、ユーリ・ミハイロヴィッチ・カリーニンという人物の行確をすることになった。

彼が来日した日から、六人一組で二十四時間態勢で監視する。二人一組が原則なので、三交代ということだ。

白崎が倉島に言った。

「外相が日本に滞在するのは、二泊三日だな。その間、二十四時間態勢ということだ」

「刑事にとって、それくらいの張り込みはどうってことないでしょう」

「なぜだろうな。公安の行確は、刑事の張り込みと違って緊張するんだよ」

「やることは同じなんですから、何も緊張することはないでしょう」

「刑事が相手にするのは、たいていは素人だ。どんな凶悪犯でも、犯罪の専門家というわけじゃない。ところが、公安の対象者はたいてい海千山千のスパイじゃないか」

「それだけやり甲斐があるということじゃないですか」

「だから、おまえさんは常に前向きだって言うんだよ」

「とにかく、やるべきことをちゃんとやればいいんです。行確なんて、地味な仕事です。退屈しているうちに終わりますよ」

「そうだといいがな……」


ルーティンワークをこなしながら、ロシア外相来日の準備を進めた。

白崎にも言ったが、たいへんなのは警備部だ。外国からVIPが来るたびに、彼らは大忙しなのだ。

綿密な警備計画を立て、街のいたるところに係員を配備し、警戒する。対象者が無事に帰国して当たり前、何かあれば重大な責任問題になる。

警備部の精神と肉体の負担は半端ではない。VIPが来日するたびに、倉島は、警備部でなくて本当によかったと思う。

ちなみに、警視庁以外の道府県警では、警備部の中に公安関連の部署がある。公安部として独立しているのは、警視庁だけだ。

来日するロシア外相の名は、ドミトリィ・コンスタンチノヴィッチ・ザハロフ。ロシアでは、閣僚はみな大統領の従順な配下だが、彼も例外ではない。

反米意識が強く、アメリカの同盟国である日本にもなかなか手厳しい。領土問題などはなから話題にするつもりもないということだ。

ロシア人が領土を話し合いによって受け渡すことなどあり得ないと、倉島は思っている。国民性を考えると、奪うことはあっても与えることなどないのだ。

今の大統領が政権を握っている間は特にそうだ。

かつて、北方領土のビザなし交流訪問団に同行した国会議員が、「ロシアと戦争して北方領土を取り返す」云々という発言をしたことがあった。

国会議員という立場であああいう発言をするのは論外だが、発言の内容自体は、それほど的外れではないと、倉島は思っていた。

国際的な常識からすると、領土争いというのは、そういうものだ。他の交渉事なら、武力ではなく、経済力などがものを言うこともあるが、国の根幹を成す領土に関しては、戦争以外の交渉手段はあり得ないだろう。

まあ、外相が日本でどんな話をするのか、倉島には関係ない。警備部が彼らの無事のために働くように、倉島たちは、来日したロシア人たちが諜報活動をしないように監視すればいいのだ。

行動確認の前に、下調べをしておくか。

倉島は、そう思った。

対象者であるユーリ・ミハイロヴィッチ・カリーニンについて、倉島はまだほとんど知らなかった。

平凡な公安捜査員なら、言われたとおりに行動確認をやるだけでいいが、作業班となるとそれでは済まない。

倉島は、ロシア大使館のアレキサンドル・セルゲイヴィッチ・コソラポフに電話をした。彼は、三等書記官という立場だが、実はＦＳＢの職員だ。

「プリヴィエット」

ロシア語の「やあ」という挨拶だ。相手が倉島だとわかっていながら、ロシア語で応じた。倉島は日本語で言った。

「やあ。久しぶりに会いたいんだが……」

「今、ロシア大使館がどんな状態か知ってるだろう」

「忙しいのは承知の上だ。こちらも、ザハロフ大臣一行の安全を守るために力を尽くしている。だから、いろいろと情報がほしいんだ」

「情報がほしい？　安全を守るために、どんな情報が必要だと言うんだ」

「どんな情報だって役に立つ。例えば、随行員のある人物が過去に面倒なテロ集団と渡り合ったことがあるとする。すると、そのテロ集団のことも気にしなければならない」

「もっともらしいことを言っているが、どうせ、誰かを監視するつもりだろう」

「監視なんてとんでもない。安全保障のための警護措置だよ」

「同じことだろう。とにかく、忙しいんだ」

「仕事が終わってからでいい。一杯おごる」

　コソラポフが溜め息をついた。

「いつがいいんだ？」

「できるだけ早いほうがいい。今夜は？」

「たぶん、十時過ぎまで仕事が終わらない」

「何時だってかまわない。一杯飲むだけの時間でいい」

「あなたが強引なのはわかっている。十一時なら何とかなる」

「では、いつもの店でいいか？」

「そこでいい」

電話が切れた。

倉島は、約束よりも三十分ほど早く、待ち合わせの店にやってきた。

六本木交差点近くの地下にあるバーだった。再開発などで、このあたりの馴染みの店はどんどんなくなっていったが、このバーは奇跡的に残っていた。

倉島は落ち着いて話ができる、奥の席を確保した。三十分も早くやってきた目的の一つがそれだった。

その席に着くと、店の中をさりげなく観察した。コソラポフとは長い付き合いで、信頼できる情報源だ。

だからといって、百パーセント信頼できるわけではない。それがインテリジェンスの世界だ。もしかしたら、コソラポフが、仲間を配置しているかもしれない。そんなことをする理由は思いつかないが、相手が何を考えるか予想ができない。用心に越したことはない。

あるいは、コソラポフの敵対勢力が、ここでの会合を察知して、彼に危害を加えようとするかもしれない。

いずれにしろ、疑心暗鬼《ぎしんあんき》と言われてしまえばそれまでだが、公安マンにはそれくらいの用心が必要だ。

午後十時五十分になると、コソラポフがやってきた。彼もやはり、約束の時間よりも早く現場にやってくる。そして、店内の様子を探っている。この世界の連中は、それが習い性になっている。

コソラポフがバーカウンターでビールを受け取り、倉島がいる席にやってきた。

「約束どおり、あなたの伝票につけておいた」

「それでいい」

「何が訊きたいんだ？」

「ユーリ・ミハイロヴィッチ・カリーニン」

コソラポフはビールを一口飲んだ。うまいともまずいとも言わない。

「外相警護の責任者だ」

「もちろん知っている。どういう人物か教えてほしい」

「ＦＳＯの大佐だ」

「ＦＳＯ？　連邦警護庁だな？」

「そうだ」

連邦警護庁は、連邦保安庁（ＦＳＢ）と紛らわしいが、大統領等政府要人の警護のための組織だ。ロシア版シークレットサービスと思えばわかりやすい。

「それは表向きの身分だろう。本当のところはどうなんだ？」

「表も裏もない。カリーニンは警護のスペシャリストだ」

「でも、ヂェヴァーチクだろう？」

コソラポフはふんと笑った。

「海外の連中は、俺たちロシア人を何でもかつてのＫＧＢと結びつけて考えたがる」

ヂェヴァーチクというのは、ロシア語の九、すなわち「ヂェーヴィチ」から派生した言葉だ。

日本語にすると「九のやつら」といったニュアンスだ。

連邦警護庁の前身がKGB第九局なので、その職員がそう呼ばれる。つまり、KGBの性質が色濃く残っているということだ。

「実際にそういう国だから、しょうがないだろう」

「それはとても心外な言い方だな」

「俺たちインテリジェンスの世界では、あんたの国に一目置いているってことさ」

「チェヴャーチクだからって、国際的な陰謀に加担しているというわけじゃない。日本の警察の警備部とそう変わらないよ。大統領や政府要人の警護というのは、それだけでたいへんなんだ」

モスクワ市内を大統領や閣僚が移動するとき、青いライトを光らせた黒い車の列が、猛烈なスピードで通りを走り抜ける。その間、その周辺の交通は完全にストップだ。それがモスクワの日常的な光景だ。

カリーニンはその車列に関わっているわけだ。

倉島はさらに尋ねた。

「FSOには、諜報や捜査の権限も与えられているんだろう?」

「それは、ロシアのどの司法機関も同じだ。形式上認められているというだけで、諜報が専門というわけじゃない」

「カリーニンには、怪しむべき点はないということか?」

「もちろん、ない。まあ、あなたたちの立場だと、疑いたいのはもっともだと思うが……」

「それが仕事なんでね」

「カリーニンの行動確認をする、ということか？」

「警護だよ」

「外相の随行員に対して、警察が行動確認をするなんて、外交上大きな問題となるぞ」

「そんな大げさな話じゃないさ。安全保障上の措置だと言っただろう。つまり、日本の警察も随行員たちの安全を考慮して、行動を見守っているということだ」

「いや、大げさな話だな。海外からの客に対する日本の姿勢が問われることになる」

倉島は言った。

「繰り返すが、あくまでも、安全保障上の措置だ。日本の要人がロシアを訪ねたら、同じことをするだろう？」

「同じことだって？」

コソラポフは、笑顔でかぶりを振った。「冗談じゃない。行動確認なんかじゃ済まない。随行員一人ひとりに、保安要員がべったり張り付いて監視するよ。ロシア国内で行動の自由なんて認めない」

「なるほど……」

コソラポフは笑みを浮かべたまま言った。

「もう一杯もらうぞ」

週明けの三月一日、倉島は、何人かのロシア通から話を聞いた。カリーニンに関する耳寄りな情報はなかった。

つまり、要注意人物ではないということだろう。念のために、いちおう行動確認をしておく。その程度の認識でいい。倉島はそう判断した。

それを同じ班の白崎に話すべきかどうか考えた。結局、話さないほうがいいと思った。仲間に、わざわざ油断を誘うようなことを言う必要はない。

ロシア通の話によると、ザハロフ外相の今回の来日は、国家の安全保障についての一般的な話し合いが主で、マスコミが煽り、一部の人々が期待しているような、北方領土問題の話題には触れないだろうということだ。

儀礼的な訪問と考えていいのだろうか。まあ、ザハロフ外相は大統領べったりなので、北方領土などまったく眼中にないはずだ。

倉島の認識では、ロシアには北方領土問題は存在しない。誰も問題視していないからだ。ロシア人たちは普通に、クリル列島をロシアの領土と認識している。クリル列島は、日本で言う千島列島、つまり北方領土のことだ。

つまり、北方領土問題は日本にしか存在しないので、ロシアとしては話し合う必要もないということなのだ。

両国間で前提が違うのだから、話し合いにはならない。

だから、件《くだん》の国会議員のように、領土を取り返したいのなら、戦争もその選択肢なのではないかという問題意識は、むしろ当然のことなのだ。

もちろん、倉島は戦争をすべきだと考えているわけではない。国家間の交渉事には、あらゆる選択肢の検討が必要だということだ。

その上で、愚かな為政者は戦争を選び、賢明な為政者はそれ以外の方法を模索するだろう。

そして、三月十六日火曜日、ドミトリィ・コンスタンチノヴィッチ・ザハロフ外相一行が来日した。

公安部外事一課はすぐさま動き出した。行確対象者は約五十人と、上田係長が言っていた。おそらく随行のジャーナリストのほとんどがその対象者となるだろう。ジャーナリストと称する連中の中にスパイがいる可能性が高い。

日本国内にいる自称ジャーナリストのロシア人は、たいていスパイだと、倉島は思っていた。相互監視体制の国ロシアでは、スパイはごく身近な存在なのだ。

ザハロフ外相とその側近、警護担当者たちが宿泊する千代田区の一流ホテルの前で、公安車両を駐め、倉島と白崎は張り込んでいた。

白崎が望遠レンズをつけたカメラで、ホテルの玄関を見張っている。

「交替しましょうか？」

倉島が言うと、白崎がこたえた。

「いや、だいじょうぶだ。張り込みは得意なんだ」

「カリーニンだけじゃなくて、念のためにホテルに出入りするスラブ系の人物をすべて撮影してください」

「わかっている」

倉島も、公安部外事一課に来たばかりの頃は、スラブ系と言われてもわからなかった。今では、すぐに見分けがつくようになった。

同じスラブ系でも東欧の人々とロシア人も区別がつくようになっていた。慣れというのはたいしたものだと、自分でも思う。

白崎は、倉島が予想したよりも頻繁にシャッターを切っている。彼は、倉島ほど目利きではない。だからスラブ系と思しき人物を片っ端から撮影しているのだろう。

「あまり、入れ込まなくてもいいですよ」

倉島は言った。「形式的な行確だと思いますから……」

「そんなことはわからんだろう。警察官は常に最悪の事態を想定していないと……」

さすがはベテランだ。

「そうですね。おっしゃるとおりです」

倉島はそうこたえた。

2

二十四時間三交代ということは、八時間ずつの張り込みということになる。それぞれ、第一シフト、第二シフト、第三シフトと呼ぶことにした。

第一シフトは、午前八時から午後四時まで。第二シフトは、午後四時から午前零時まで、そして、第三シフトは午前零時から午前八時までだ。

それに、三つの班を割り当てていく。

倉島と白崎が第一班だ。第二班は、里見《さとみ》三郎《さぶろう》と木島浩《きじまひろし》という名の係員だ。第三班が、米沢良一《よねざわりょういち》と原和浩《はらかずひろ》。

午前七時頃専用機が着陸し、一行がホテルに入ったのが、午前八時半から九時にかけてだった。その時点から行動確認が始まった。

一日目の第一シフトは、第一班、つまり倉島と白崎だった。

交代でカメラのファインダーを覗き、シャッターを切った。やがて、交代の時間となり、倉島たちは車を下りた。

「直帰でいいですよね」

倉島が言うと、白崎はうなずいた。

「エースのおまえさんが言うのなら……」

「自分はエースなんかじゃないですよ」

「ゼロ帰りで、作業班にいる。そういうのをエースと呼ぶんだろう？」

「いや、そう呼ばれるのは一流の公安マンだけです。自分はまだまだです」

「とにかく、もう八時間働いたんだから、休んでいいんじゃないのか？」

「そうしましょう」

「じゃあ、明日……」

倉島は、目黒区東山にある官舎に戻ることにした。帰宅しても、いつ呼び出されるかわからない。それが警察官の生活だ。

幸いその日は、呼び出されることもなく終わった。

翌日、倉島たち第一班は、第三シフトだった。午前零時から午前八時までの夜勤だ。だから正確にいうと、翌日ではなく翌々日ということになる。

夜中までは自由時間だ。何日も寝られないくらいに忙しいときもあれば、このように比較的楽なときもある。

こういうときは、のんびりやろう。

倉島はそう思い、夜まで自宅で過ごした。午前零時ちょうどに、第三班と交代した。

「何かあったか？」

白崎が尋ねると、第三班の米沢がこたえた。

「変わったことはないですね。予定通りのコースを移動したので、車列を尾行しました。ここに戻ってきたのは、二十三時過ぎです」

「誰かと接触は？」

「日本の警備部の誰かと話をしていました。警護に関する情報交換だと思います」

「わかった。ごくろうさん」

第三班が座っていたシートに、倉島と白崎が収まる。倉島が運転席、白崎が助手席だ。

夜中から未明にかけては、ほとんど動きはない。だが、本当に事件が起きるとしたら、この時間帯が多い。だから気を抜くことはできない。

白崎が言った。

「つい先ほど、報道された殺人事件だがね……」

「殺人……？」

何のことかわからなかった。

「何だ、知らないのか？」

「ニュースを見ていませんから……」

「外国人が死体で発見されたんだ」

「外国人……？」

「ああ。どうやらベトナム人のようだ。ソト二も動き出したということだ」

ソト二は、外事二課のことだ。アジアの諸国、特に中国と北朝鮮を担当している。ベトナムも当然守備範囲だ。

「それも、ルーティンワークですよ」

倉島は言った。「自分らだって、ロシア人絡みの事件が起きたら、いちおうは関係者を洗ってみますからね」

「まあ、そうだがね……」

「何です？　何か気になることでもあるんですか？」

「いや……。どうも、外国人が日本国内で殺されるってのは、気分のいいもんじゃないんでね……。日本ってのは、治安がいい国だ。そのイメージが損なわれるじゃないか」

「その治安を守るのが、自分らの仕事ですよ」

「そうだな……」

白崎は何かひっかかっている様子だ。

ベトナム人が国内で殺害されたからといって、それほど気にすることじゃないだろうと、倉島は思った。

二〇一八年の集計では、来日外国人の検挙人数で、ベトナム人がトップだ。彼らが犯罪に巻き込まれるのは珍しいことではない。

外国人観光客を増やす。外国人労働者をどんどん受け容れる。それが政府の方針のようだ。そうなると、とたんに治安は悪化する。それは眼に見えているのだ。それを承知の上で、なおかつ政府は国内の外国人を増やそうとしている。

そのうちに、外国人排斥の動きが顕在化してくるはずだと、倉島は考えていた。欧米でも、移民が大きな問題になっている。住民の危機感は差別や弾圧を生む。おそらく、日本でも同じようなことが起こりはじめるだろう。

日本は島国で、もともと排他的な民族なのだ。国際化と言えば聞こえはいいが、それは日本が、かつての日本ではなくなる選択をしたということだ。

極端な言い方をすれば、江戸幕府の瓦解は攘夷運動に端を発した。外国人の流入とその排斥の風潮が、第二第三の瓦解をもたらすかもしれない。

だが、自分らの知ったことではないと、倉島は思っていた。外国人の犯罪やトラブルに対処するのは刑事部と出入国在留管理庁の仕事だ。

公安の自分たちの仕事は、昔からそれほど変わっていない。どの時代も、国内には一定数のスパイがいる。

白崎も、それきりベトナム人の事件のことは口に出さなかった。

未明のホテルは、人々の出入りが極端に少なくなる。唯一の問題は、眠気だ。不思議なことに、夜が明けてからのほうが眠く感じる。

ようやく、第二班が交代にやってきて、午前八時に、倉島は解放された。


宿舎に戻って、すぐにベッドにもぐりこんだ。次は、午後四時からの第二シフトだ。それまでに、たっぷりと眠れる。

そう思っていたのだが、電話の音で起こされた。普段はマナーモードにしてあるが、眠るときは着信音を出すことにしている。

相手は、片桐秀一《かたぎりしゅういち》だった。彼は、公安機動捜査隊にいる。

刑事部の機動捜査隊と同様に、テロなどの公安事件があると真っ先に駆けつける連中だ。ＮＢＣテロについての研究もしている。

彼らは警視庁本部にではなく、目黒区目黒一丁目に常駐している。

「はい、倉島」

「あ、片桐です。今、よろしいですか?」

「あまりよろしくない。夜勤から戻って寝ていた」

「あ、それは申し訳ありません。かけ直しましょうか?」

「起きちまったからいいよ。何だ?」

「ベトナム人が殺害された件です」

こいつも、白崎と同じなのか……。

「それがどうした?」

「捜査一課のやつに聞いたんですが、どうやら、被疑者は外国人のようです」

「被疑者が外国人……? ベトナム人同士のトラブルということか?」

「いえ、そうではなく。被疑者は白人男性らしいのです」

「もう一度言うぞ。それがどうしたんだ?」

「被疑者はロシア人かもしれないんです」

「ロシア人……?」

「ザハロフ外相が来日してますよね。その随行員の一人と、そのロシア人が接触をした可能性がありまして……」

「それで……?」

「これ以上は、電話では……」

それはそうだ。寝起きでまだ頭が働いていないようだ。

「今日は公機捜車に乗っているのか？」

「はい」

「午後三時に迎えにきてくれ。車の中で話を聞こう。その後は外務省に送ってもらう」

「了解しました」

倉島は電話を切ると、再びベッドに横たわった。まだ眠る時間はある。倉島は、ベトナム人のことなど忘れて、たちまち眠りに落ちた。


片桐は午後三時ちょうどに、官舎前にやってきた。倉島はすでに建物の外で待っていた。

「車は？」

「あちらの路上に停めてあります」

「じゃあ、行こう」

近くにある中学校の前の道に、特徴のないシルバーグレーのセダンが停まっている。近づくと、運転席から背広姿の男が下りて、後部座席のドアを開けた。

彼は片桐の相棒の、松島肇《まつしまはじめ》だ。

「ご無沙汰しております」

車に乗り込むときに、彼は倉島に言った。倉島は無言でうなずいた。

片桐が助手席に乗り込んだ。体をひねるようにして倉島のほうを見ると、彼は言った。

「行き先は外務省でいいですね？」

「ああ。ある人物の行確をやっているんだ」

「ザハロフ外相の随行員ですね」

「そうだ」

片桐は、松島に向かって「行ってくれ」と指示した。松島は車を出した。

「ベトナム人を殺害したのがロシア人らしいというのはどういうことだ?」

片桐がこたえた。

「犯行現場の近くに設置されている防犯カメラに、マキシム・ペトロヴィッチ・ヴォルコフという人物が映っていました」

「聞いたことがないな。何者だ?」

「一度、行確に駆り出されたことがあって、覚えていたんです。日本に滞在しているロシア人で、職業は音楽家だということですが、実態はよくわかりません」

「音楽家?」

「はい。バイオリニストだということです」

「その人物が、外相の随行員と接触したということだが……」

「公機捜でも、外相来日で都内のロシア人たちの動きに注意を払っています。ヴォルコフがその網にひっかかったということです」

公機捜は、今倉島が乗っているような車で都内を巡回している。外相来日で、彼らの警戒のレベルも上がっていたということだ。

倉島は戸惑った。

「待ってくれ。そのヴォルコフがベトナム人を殺害したというのは、確実な話なのか?」

「自分は、ヴォルコフの犯行だと思っています」

「証拠でもあるのか？」

「防犯カメラの映像です」

「犯行の瞬間が映っていたのか？」

「いいえ」

「何か決定的な映像が残っていたのか？　例えば、凶器を持っていたとか、返り血を浴びていた、とか……」

「いいえ、そういう事実もありません」

「ただ、その人物が、犯行現場の近くにいたというだけのことなんだな？」

「ヴォルコフという人物は、要注意人物です」

「何か、過去の事案に関わったことがあるのか？」

「それは明らかになっていません」

「そうだろうな。もしそうなら、俺がその名前を知らないはずがない」

片桐は口ごもった。

倉島は続けて言った。

「先ほど、電話で、白人が被疑者だと言ったな？　刑事部では、ヴォルコフを被疑者と断定したということか？」

「違います。正確に言うと、刑事部ではまだ被疑者を特定していません」

倉島は、ますます訳がわからなくなった。

「いったい、どういうことなんだ？　ヴォルコフについて、刑事部に情報提供はしていないのか？」

「その前に、倉島さんに相談しようと思いまして……」

「俺に相談？　公機捜の直属の上司に相談すればいいじゃないか」

「隊長の輪島《わじま》警視は、公安としてのセンスがありません」

センスときた。

「おまえには、そのセンスがあるということか？」

「危機意識はあります。ヴォルコフは明らかに怪しい。ただ、まだ尻尾を出さずにいるんです」

「根拠は？」

「今のところ、これといって明確な根拠があるわけではありません。強いていえば、自分の感覚です」

倉島はあきれた。

「おまえは、ただ怪しいと思うだけで、そいつが犯人だと言っているのか？」

とたんに、片桐は勢いがなくなった。

「そう言われてしまえば、それまでなんですが……」

「刑事部は、防犯カメラに映っていた白人が、ヴォルコフであることをまだ知らないんだな？」

「まだ話していません」

「だいたい、なんでおまえがその映像のことを知ってるんだ？」

「同期の刑事がいて、映像を見せられたんです。何か知っていたら情報をくれ、と……」

刑事はそうやって、非公式に情報収集することがある。正規の手順を踏んでいると時間がかかったり、門前払いを食らうことがあるからだ。

「そのときに教えてやればよかったんだ。そうすれば、刑事たちがちゃんと調べる」

「刑事には対処できないかもしれません」

「殺人の捜査に関しては、彼らは公安の俺たちよりも優秀だよ」

「いえ、そういうことではなく……」

「じゃあ、どういうことなんだ？　まさか、公安は万能だと思っているわけじゃないだろうな」

「公安のエースは万能に近いと思っています」

「俺はエースじゃないよ」

「でも、作業班じゃないですか」

「今の俺の仕事は、ロシア外相の一行が帰国するまで、見張っていることだ。それ以上でもそれ以下でもない」

「しかし……」

「そのヴォルコフが外相随行員の誰かと接触をしたと言っていたな？」

「その疑いがあります」

「それを目撃した者がいるのか？」

「公機捜の一人が、紀尾井町のホテルの近くにいるヴォルコフを目撃したと言っています」

「それだけか？」

「それだけで、充分に疑えると思います」

「落ち着いて考えるんだ」

倉島は言った。「おまえが今言っていることはめちゃくちゃだ。たまたま知っているロシア人が、殺人事件の現場近くの防犯カメラに映っていた。それだけのことだ」

「その人物が、来日したロシア外相の随行員と接触したかもしれないんです」

「それも憶測だろう。たまたまホテルの近くを通りかかっただけかもしれない」

片桐は、体をひねって後部座席のほうを向き、倉島の顔をしげしげと見つめた。倉島はその眼差しに苛立った。

「なんだその眼は。何か言いたいことがあるのか？」

「確証がないと動かない。それじゃまるで、やる気のない刑事みたいじゃないですか。公安って、そういうもんじゃないと思っていました」

そのとき、車がスピードを落として左側に寄った。窓の外を見ると外務省の側だ。報道陣の車が並んでいる。

倉島は言った。

「ここでいい」

松島が車を停めると、倉島はすぐに下りた。

片桐が何か言いたそうにしていたが、取り合わないことにした。

そして、行動確認に使っている車を見つけると、それに近づいた。

第三班と交代し、車に乗り込む。ほどなく、白崎もやってきた。

倉島は言った。

「片桐を覚えているでしょう」

「ああ。公機捜の……」

「ベトナム人の殺人事件について、妙なことを言ってました」

「妙なこと……？」

かいつまんで説明した。話を聞き終えた白崎は、倉島をじっと見つめた。さきほどの片桐と同じような目つきだった。

「何です？　自分が何か変なことを言いましたか？」

「それが、妙なことだって？　本気でそう思っているのなら、おまえさん、どうかしてるぞ」

倉島はその言葉に驚いて、白崎を見返していた。

3

「自分がどうかしていると……？」

運転席にいる倉島が尋ねると、助手席の白崎が言った。

「そうだろう。片桐が言っていることは、公安捜査員としてきわめてまっとうだ。それを、妙なことだなんて言うあんたは、俺から見るとどうかしているとしか思えない」

「そうでしょうか。片桐は考え過ぎなのかもしれませんよ」

「警察官は、考え過ぎなんて言っちゃいけないよ。物事はどんなに考えたって、考え過ぎなんてことはないんだ」

倉島は、白崎の説教めいた物言いに、少しばかり苛立った。それを悟られないように言った。

「まあ、そうかもしれませんね……」

「そのヴォルコフというやつ、あんた知らないのか？」

「知りません。片桐にも言ったんですけどね、そいつが何か事件を起こしたり、事件に巻き込まれたりしていたら、自分が知らないはずがないんです」

「まだ知らないだけかもしれない」

白崎は「まだ」を強調した。

今後、倉島がヴォルコフのことを知ることになるかもしれないと言いたいのだろう。

「どうでしょう。日本国内には長期滞在して、外国人登録をしているロシア人が八千人以上います。自分はその全部を把握しているわけじゃないんです」

「問題のあるロシア人はたいてい把握しているだろう」

「どうでしょうね……」

「おそらく、そのヴォルコフという男については、近々知ることになると思うがね……」

「そこまでおっしゃるなら、調べてみましょう。ただし……」

「ただし？」

「カリーニンの行確の最中ですからね。自分自身では動けません。誰かに調べを頼むことになりますが……」

「それでいいんじゃないのか。エースなんだから……」

「だから、自分はエースなんかじゃないんですよ」

「とにかく……」

白崎が言う。「片桐の感覚も信じてやらなければ……。あいつはなかなか見所がある」

「ええ、そうですね」

実は、あまりそう思っていなかった。片桐は、何事にもそつのないタイプだ。警察官としては優秀かもしれない。

だが、公安マンとしてはどうだろうと、倉島は思っていた。

かつて、片桐とともに倉島の下で働いたことがある男が公安にいる。片桐と同期で、名前は伊《い》藤次郎《とうじろう》だ。名前も平凡だが、その見かけも実に平凡だった。

知り合いになっても、翌日には特徴をよく思い出せない人物がいる。印象に残らないのだ。伊藤はそういうタイプだ。

それが、公安に向いていると、倉島は思っていた。そして、伊藤は公安らしい視点を持っている。

伊藤は現在、公安総務課公安管理係にいる。

総務課というからには、事務仕事や雑務をやっていると思いがちだ。もちろん、課内の雑務もやる。だが、公安総務課の最も重要な役割は警察庁の警備企画課との連絡業務だ。

つまり公安のホットラインだ。作業班の運用についても、公安総務課が管理する。そして、その管理業務を直接になっているのが、公安管理係だ。

倉島は伊藤に連絡してみることにした。

携帯電話から係の電話にかけて、伊藤を呼び出した。

「はい、伊藤です」

「倉島だ。しばらくだな」

「ご無沙汰しています」

突然の連絡だが、伊藤には驚いた様子もない。

「頼みたいことがある」

「何でしょう?」

「電話では話せない。特に、こっちは携帯電話だからな」

「どうすればいいですか?」

「今、ロシア外相の随行員の行確中なんだが……」

「ああ、そのようですね」

「なんだ、おまえは俺が何をしているのか把握しているのか？」

「どこの係が何をやっているかは、だいたい把握していますよ。公安管理係ですから。それで……？」

「今日は、午前零時までのシフトだ。それまで身動きが取れないから、俺たちの車まで来てくれないか？」

「今どちらですか？」

「外務省前だが、じきに移動する予定だ。ホテルに戻ると思うので、張り込みの位置に着いたらまた連絡する」

「了解しました。連絡を待ってます」

倉島は電話を切った。

白崎が尋ねた。

「誰に電話したんだ？」

「公総の伊藤です」

「ああ、片桐の同期だったな。二人を競わせるつもりか？」

「そうじゃありませんよ。前に一度いっしょに仕事をして、伊藤は頼りになると思っているので……」

「そうだな」

白崎は何事か考えている様子で言った。「伊藤なら間違いはないだろう」

そのとき、ザハロフ外相一行が外務省から出てきた。ロシアの警備担当者たちが、外相を囲み、その外側を日本のマスコミが囲んでいる。

警備担当者たちは、かなり強引だ。日本人はマスコミに対してそれほど強くは出られない。たてまえでは、知る権利を尊重しているからであり、本音では何を報道されるかわからないので慎重なのだ。

だが、ロシア人は違う。邪魔なものは押しのける。それが自分たちの任務だと割り切っているのだ。

それに、ロシアのマスコミというのは、ほとんどが体制寄りなので、政府関係者のほうが立場が上なのだ。だから、警備担当者たちは相当に乱暴だった。

カメラマンを突き飛ばす者もいる。それがロシア流なのだ。彼らに、知る権利や言論の自由の話をしても無駄だ。そんなものはたてまえでしかないとあきらめている。

ロシア人たちをなめている日本の記者たちは痛い目にあうことになる。

白崎が言った。

「カリーニンが車に乗り込んだ。尾行しよう」

「了解です」

倉島は車を出した。

ザハロフ外相一行は、ホテルに戻った。倉島は、車を行動確認の定位置に駐めた。

「さて……」

倉島は言った。「深夜まで退屈な時間が続きますね」

白崎がこたえる。

「そう願いたいね。俺たちが退屈じゃないということは、何か起きるということだからな」

「伊藤を呼びます。いい退屈しのぎになるかもしれません」

白崎は何も言わなかった。

倉島は、伊藤に電話した。居場所を伝えると、彼は午後六時に来ると言った。ほぼ定時に退庁するということだ。

事務方がうらやましいと、倉島は思った。

だからといって、公安総務課などに異動を希望するかと問われたら、こたえはノーだ。まだまだ現場にいたい。

インテリジェンスの世界の、ひりひりするようなスリル。それが生き甲斐だと思っていた。

白崎が望遠レンズ付きのカメラを構えている。時折、シャッターを切る音が聞こえてくる。

スラブ人だと判断した人物を、片っ端から撮影しているのだ。この生真面目さも白崎の取り得だと、倉島は思った。

カメラ撮影を交代してしばらくすると、伊藤がやってきた。時間どおりだった。

伊藤は、「乗れ」と言われる前に後部座席のドアを開けて滑り込んできた。彼は車の外でぼんやり指示を待ったりはしない。

人の眼を警戒しているのだ。車の外と中で話をしているところを人に見られると怪しまれてしまう。監視をしていることはなるべく知られたくないのだ。

伊藤が言った。

「ご用件をうかがいましょう」

倉島はカメラを構えたまま言った。

「ちょっと待ってくれ」

白崎が言う。

「撮影を代わるから、話をしてくれ」

倉島はカメラを白崎に手渡すと、伊藤に言った。

「マキシム・ペトロヴィッチ・ヴォルコフという人物について調べてほしい。表向きはバイオリニストだということだ」

「わかりました」

伊藤は、余計な質問は一切しない。

「一両日中に、ある程度のことを知りたい」

「はい」

相変わらず伊藤は表情にとぼしい。かといって無愛想なわけではない。その見かけ同様に、態度や発言も印象に残らないのだ。

こういう人材は貴重だと、倉島は思っていた。

「じゃあ、頼んだぞ」

「了解しました。失礼します」

伊藤は車を下りると、振り返ることもなく歩き去った。

　白崎が言った。

「あいつは変わってるよな」

「そうですか？」

「何を考えているか、よくわからないじゃないか」

「たしかに、感情を表に出すタイプじゃないですね」

「間違いなく、今、そこにいたんだよな」

「言いたいことはわかります。まったく印象に残らないやつなんで、別れた後、あいつに会ったことを忘れたりしますね」

「公安に来るまで、不気味だと思っていたんだ」

「何をです？」

「公安をさ。同じ警察官なのに、公安だけは別だと感じていた。伊藤を見ていると、その頃の感覚を思い出すよ」

　倉島は笑った。

「それだけ伊藤が公安らしいということでしょう」

「たしかに、あいつが刑事をやっているところは、あまり想像できないな」

　当然だと、倉島は思った。伊藤は、刑事にはもったいない。刑事など誰でもできる。だが、伊藤のような人材は滅多にいない。

　だが、そんなことを白崎には言えない。

「撮影、代わりましょう」

倉島が言うと、白崎はカメラを手渡した。

カメラのファインダーを覗いた倉島は言った。

「行確も今日で終わりですね。ザハロフ外相一行は明日帰国ですから……」

「気を抜いちゃいけないぞ。最後の最後まで何があるかわからない」

「何かあっても、警備部の仕事でしょう。自分らは気楽なもんです」

白崎が何も言わないので、倉島はファインダーから眼を離して、彼を見た。

白崎は、奇妙な表情で倉島を見ていた。倉島は尋ねた。

「どうかしましたか？」

「いや……」

白崎は、眼をそらして言った。「あんた、なんだか変わったなと思ってな……」

「自分が変わった？　どういうふうに？」

「何と言うか……。昔はもっと、仕事にひたむきだったというか……」

「今は違いますか？」

「あ、いや……。別に悪い意味で言ったわけじゃないんだ。あんたも若かったということだろう。仕事に不慣れだったんだな」

「たしかに、公安の仕事には慣れましたよ。だからといって手を抜いているつもりはありません」

「わかっている。余計なことを言った。忘れてくれ」

忘れる必要などない。そもそも白崎の言うことなど気にしていない。

倉島は、心の中でそう言っていた。

日付が変わり、三月十九日の午前零時に倉島たちのシフトが終わった。

「お疲れさん」

白崎が言った。「これで、俺たちの今回の仕事は終了だな」

「そうですね」

「まだ終電に間に合うかもしれないが、タクシーで帰ろうと思う。あんたは？」

「自分もそうします」

「じゃあ、ホテルの玄関に行こう。乗り場にタクシーがいるはずだ」

「はい」

二人は並んで歩きだした。

やがてタクシー乗り場までやってくると、白崎が思い出したように言った。

「何かわかったら、俺にも教えてくれ」

倉島は聞き返した。

「何か……？」

「ヴォルコフの件だよ」

「ああ……。興味がおありなら、教えますよ」

白崎はうなずいて、タクシーに乗り込んだ。その車が走り去り、倉島は次の空車に乗った。

片桐も白崎も気にし過ぎだろう。ヴォルコフのことなど、伊藤の報告を聞けばそれでいい。さっさと終わりにして忘れよう。

倉島は、そう考えていた。

未明までの仕事だったので、朝は遅めに登庁した。すでに白崎が来ており、倉島を見ると言った。

「ずいぶんと遅い出勤だな。どこかに寄ってきたのか？」

「いいえ。昨夜は遅かったので、のんびりさせてもらいました」

「やることは山ほどあるのに、余裕だな」

白崎が言うとおりだ。行確は見張りだけで終わりではない。その後の写真データの整理や報告書作成がたいへんなのだ。

白崎はすでにその作業の最中のようだ。

倉島は、パソコンが立ち上がるのを待ちながら思った。

定時に顔を出さなくても誰も何も言わない。同僚がどこで何をしているのか気にしないのだ。それが公安のよさだと、倉島は思っていた。

白崎はやはり、刑事の習慣が抜けないのかもしれない。

資料整理と報告書作成は、午前中に終わった。倉島は書類仕事のスピードにも自信がある。

倉島よりも早く始めていたはずの白崎が、午後になってもまだ報告書作成を続けていた。

要点だけまとめれば、そんなに時間はかからないはずだ。要領の問題だと倉島は思った。

ザハロフ外相一行は、午前十一時頃に、無事に帰国した。カリーニンも帰国したはずだ。それを確認するのは、他の班の仕事だ。

行確が終了し、資料と報告書の提出も済んだ倉島は、定時まで庁内で時間をつぶしていた。

終業時間になると、すぐに帰宅しようとパソコンの電源を落とした。そこに白崎がやってきて言った。

「例の件、どうだ?」

「例の件? ああ、ヴォルコフのことですか?」

「固有名詞は出さないほうがいい」

「ですから、気にし過ぎですって……」

「用心に越したことはない。どこで誰が聞いているかわからない。伊藤は何か言ってこないのか?」

「昨日の今日ですよ。いくら優秀なやつでも、無理ですよ」

「そうかな……」

「何かひっかかることがあれば、すぐに知らせてくるはずです」

「ベトナム人殺害の事件を担当しているやつに、ちょっと話を聞いてみたんだ。まだ、被疑者は絞られていないらしい」

「ヴォルコフは関係ないかもしれません」

「関係あると考えて捜査をすべきだ。それが警察官だ」

倉島は苦笑した。

「自分がその事案を担当しているわけじゃないんです」

「片桐はわざわざあんたに会いに来たんだろう?」

「ええ。夜勤明けで寝ているところに電話をしてきて……。まったく、迷惑な話です」

「つまり彼は、何かひっかかるものを感じたということだ。それは気にしてやるべきじゃないのか」

「片桐は手柄を立てたいだけかもしれません。やる気は認めますが、それが空回りしているんじゃないでしょうか」

白崎は、難しい顔で倉島を見ていた。やがて、彼は言った。

「とにかく、伊藤に連絡してみたらどうだ？」

「月曜日にしましょう。今日はもう帰ります」

倉島は席を立った。

4

週が明けたが、ベトナム人殺人事件についての続報は、特になかった。外国人が日本国内で殺害されるというのは、それなりに衝撃的ではあるが、ニュースバリューはそれほどない。

マスコミも特に追いかけようとはしない。猟奇的な殺人でもない限り、人々は関心を寄せない。だから、マスコミも取り上げようとはしないのだ。

報道の自由などと言いながら、新聞・週刊誌は売り上げが、テレビは視聴率が何より大切なのだ。

日本のジャーナリズムはコマーシャリズムにも権力にも勝てない。倉島はそう思っている。

いや、日本に限ったことではない。ロシアはもっと露骨だ。反政府的なメディアはことごとく弾圧される。大統領に逆らおうなどというメディアは、もう存在しないも同然だ。

人権が軽視されているロシアや中国が大国面をするのを許している国際社会というのは、いったい何なのだろうと、倉島はいつも疑問に思っていた。

まあ、それが政治というものなのかもしれない。

白崎にうるさく言われるのが嫌なので、伊藤に連絡を取ってみようと思った。本部庁舎内にいるので、警電でかけた。

「はい、公安管理係」

「伊藤か？　倉島だ。頼んだ件はどうだ？」

「対象者はクリーンです」

やはり、ヴォルコフには特に問題はなかったということだ。

「そうか。ごくろうだった」

電話を切ろうとしたら、さらに伊藤の声が聞こえてきた。

「クリーン過ぎると思います」

「何だって？　どういうことだ？」

「洗っても、当たり障りのない事柄しか出て来ません」

「当たり障りのない人物だからじゃないのか」

「違和感がありました」

「根拠は？」

「特にありません」

倉島は溜め息をついた。片桐といい伊藤といい、どうでもいいことにこだわり過ぎる。一流の捜査員を気取るには十年も二十年も早い。

「じゃあ、この話はこれで終わりだ。面倒をかけて済まなかったな」

「もう少し調べていいですか？」

「何だって……？」

聞き返したが、返事がない。こちらのこたえを待っているのだ。

倉島は言った。

「調べたいなら好きにすればいい」

「許可をいただいたということでよろしいですね」

「好きにすればいいと言ってるんだ」

「了解しました」

「じゃあな」

倉島は電話を切った。

どいつもこいつも、いったい何だと言うのだ。

倉島は、心の中で言った。

ヴォルコフはただのバイオリニストに過ぎない。ただ、殺人の犯行現場近くにある防犯カメラに、その姿が映っていたというだけのことだ。

万が一、ヴォルコフが殺人犯だったとしても、彼を検挙するのは刑事の仕事じゃないか。公安があたふたすることはない。

そう思い、倉島はヴォルコフのことなど忘れることにした。

倉島は立ち上がり、白崎の席に近づいた。

「伊藤に電話しました」

「それで……?」

「対象者はクリーン。そういう返事です」

白崎は眉間《みけん》にしわを作って言った。

「それだけか?」

「洗っても、当たり障りのない事柄しか出てこない。そう言ってました」

だ。

「そうか……」

違和感があると、伊藤が言っていたことは伝えないことにした。その必要はないと判断したの

しばらく何事か考えた後に、白崎が言った。

「直接、伊藤から話が聞きたいんだが、かまわないな？」

「何のために？」

白崎は肩をすくめた。

「性分なんだよ。自分で確かめないと気が済まないんだ」

「そりゃあ、もちろんかまいませんが……」

本当は気に入らなかった。自分が信用されていないような気がしてくる。

「ちょっと、行ってくるよ。公総課の管理係だったな」

「じゃあ、自分もお供します」

「確認しに行くだけだよ」

「もともと自分が伊藤に依頼した件ですから……」

白崎がうなずいた。

「じゃあ、いっしょに行こう」

伊藤はパソコンに向かって淡々と仕事をしていた。その姿も、実に地味で風景の中に完全に溶け込んでいた。

「伊藤、ちょっといいか？」

白崎が声をかけると、顔を上げた。ちらりと倉島を見てから、白崎に向かって言った。

「何でしょう？」

「倉島に頼まれた件だ。クリーンだとこたえたそうだな」

「はい」

「どの程度、洗ったんだ？」

「警察にあってアクセスできる記録はすべて当たりました。交通違反も入管法違反もありません。その他の犯罪の記録もなしです」

「家族は？」

「独身で一人暮らしのはずです」

「交際相手は？」

「そこまでは調べていません」

「バイオリニストだということだが、どんなところで演奏しているんだ？」

「それも調べていません」

「じゃあ、本格的な調査とは言えないな」

「はい。一両日中にある程度のことを知りたいという指示でしたので」

「そうか……」

「もう少し、詳しく調べてみるつもりです」

「何か気になることがあるのか？」

「倉島さんにも申しましたが、クリーン過ぎると思います。まるで、調べられるのを予想していたかのようです」

白崎が倉島を見た。

「あんた、そんなことは言わなかったな」

倉島はこたえた。

「調べたところで、どうせ何も出てこないと思いましたから……」

「だが、伊藤に調べさせることにしたんだろう?」

「本人がやりたいと言うので……」

白崎が伊藤に視線を戻した。

「ベトナム人が殺害された件を知っているな」

「はい。外事二課が動いていますから」

「その現場付近の防犯カメラに、そいつが映っていたんだそうだ」

「どこからの情報ですか?」

白崎が倉島を見た。教えていいかどうか、無言で尋ねているのだ。

倉島は言った。

「公機捜の片桐だよ」

伊藤はただうなずいただけだった。何の感情も読み取れない。同期の名前を聞いたら、何か反応しそうなものだ。だが、伊藤はそこが普通と違う。

倉島は続けて言った。

「俺は、その人物が殺人に関与しているとは思ってない。だから、調べに際して、妙な先入観は持たないでほしい」

伊藤が一言「了解しました」とこたえた。

倉島は、公安管理係の係長が、ちらちらと自分たちのほうを見ているのが気になっていた。伊藤の仕事を邪魔していると思われるのではないか。

倉島は白崎に言った。

「他に何かありますか?」

「いや」

「じゃあ、行きましょう」

二人は、伊藤の席を離れた。


白崎が廊下で立ち止まったので、倉島もそうするしかなかった。

「ヴォルコフが殺人に関与しているとは思わないと言ったね?」

白崎にそう言われて、倉島はうなずいた。

「ええ、そうです」

「片桐の意見を、無視するということか?」

「無視ではありません。ちゃんと伊藤に調べさせています」

「俺が知っている倉島は、怪しいと思ったら真っ先に突っ込んでいって、徹底的に調べるやつなんだがな……」

倉島は苦笑した。

「確証があれば調べますよ。でも、ヴォルコフに関しては不確かな話ばかりじゃないですか」

「不確かだから調べる。そうじゃないか」

「とにかく、自分はヴォルコフに関わる気はありませんから……」

「そうか」

白崎が言った。「じゃあ、俺が調べるが、文句はないな」

「そりゃあ、文句はありませんが……」

作業班でもない白崎が勝手に捜査をするわけにはいかないはずだ。係長に話を通すということだろうか。

だが、何か確証がない限り、係長だって捜査を許可するはずがないと、倉島は思った。

白崎は、うなずくと歩き出した。倉島は佇んだまま、その後ろ姿を見ていた。


その日の午後三時頃、片桐から電話があった。

「何だ？」

「例の件の話です。聞いてもらえませんか？」

「伊藤に洗わせたが、クリーンだった」

片桐はうれしそうな声になった。

「あ、調べてくださったのですね」

「その結果、怪しむべき理由はないということになった」

「ソト二の動きが活発になってきたようなんです」

「外事二課が……?」

「ええ。被害者のことを、あれこれ調べているようです」

「外国人が被害者となれば、そりゃいろいろ洗うだろう」

「とにかく話を聞いていただけませんか?」

倉島は、片桐に聞こえるように溜め息をついた。

「しょうがないな。何時にどこで会う?」

「こちらは今日非番なんで、何時でもどこでもだいじょうぶです」

わざわざ片桐の話を聞くためだけに、外に出かけるのが億劫《おっくう》だった。

「こっちへ来てくれるか?」

「わかりました。三十分で行きます」

倉島は電話を切った。

手柄を立てたいなら、一人でやればいい。片桐の思い込みに付き合わされるのはまっぴらだと、倉島は思った。

もし、ヴォルコフが本当に怪しいのなら、すでに報道されていなくてはおかしい。殺人担当の刑事たちがそれほど無能なはずがない。

そんなことを考えながら、片桐を待った。

彼は、言葉どおり三十分でやってきた。

倉島は席を立ち、空いている小会議室に片桐を連れていった。

テーブルを挟んで腰を下ろすと、倉島は言った。

「それで？」

片桐が話しはじめた。

「間違いなくヴォルコフは、ザハロフ外相一行が来日している間に、そのホテルを訪ねています」

「誰に会っていたか、わかっているのか？」

「いえ、それは確認できていません」

「ホテルに食事に行っただけかもしれない」

「それ、冗談で言ってるんですよね」

「まあ、ザハロフたちが宿泊している間は、えらく警備が厳しかったから、たいした用事のない一般人は近づかないようにしただろうな」

「ヴォルコフが、随行員の誰かと会ったのは間違いないと思います」

「来日した友人に会いにいっただけかもしれない」

「何か特別な用事だと考えるべきじゃないでしょうか」

「もしおまえが、特別な用事で政府関係者を訪ねるとしたら、ホテルに訪ねていったりするか？」

片桐は無言でしばらく考えていた。やがて、彼は言った。

「それしか方法がなければ、そうします」

「密会の方法なんて、いくらだってあるだろう。ホテルに訪ねていくなんて、どう考えても用心が足りない」

「そうでしょうか……」

「だいたい、刑事たちはヴォルコフを被疑者とは見ていないんだろう?」

「ヴォルコフに対する調べは進めているようです」

「報道されていないぞ」

「そりゃあ、刑事だって慎重になりますよ。証拠もないのに、犯人扱いはできませんからね」

「参考人というわけか」

「ええ、今のところは……」

「おまえに情報を求めてきた同期のやつに、ヴォルコフのことを教えたということか?」

「教えました。倉島さんがそうすべきだとおっしゃったので……」

「殺人の捜査に協力するのは当然のことだろう」

「ヴォルコフの件は公安事案になるのではないかと思ったもので……」

「どうしてそんなことを考えたんだ?」

「殺害されたのがベトナム人ですからね。ロシアとベトナムは、浅からぬ因縁があります」

「ベトナム戦争は、アメリカとソ連の代理戦争だったからな」

「その戦争の結果、ベトナム社会主義共和国が生まれたわけです。もちろん、現在ロシアは社会主義国ではありませんが、冷戦時代の社会主義陣営の盟主ですから、ベトナムとは深い関係が続いています」

「そんなことは、おまえに説明されなくてもわかっている」

片桐は、倉島の言葉にかまわず、話を続けた。

「しかし、そこに中国が絡んでくると、関係は複雑になります。中国とベトナムは同じ社会主義陣営ということで、協力関係にありますが、国境を接しているということもあり、関係は微妙です。ベトナムは、同じ社会主義の中国よりも、ロシアを対外的なパートナーと見なしているのです」

「それが、今回の殺人事件と何か関係があるのか？」

「それはわかりませんが、政治的な背景は押さえておかなければならないと思いまして……」

「その考え方は正しいと思うが、今回は余計なことだと思う。殺人事件は刑事に任せておけばいいんだ」

「ソト二の動きはどう思われます？」

「別にどうも思わない。彼らは彼らの仕事をしているというだけのことだ」

「何か見つけたのかもしれません」

「何かって何だ？」

「いえ、それはわかりませんが……」

「先日からおまえが言っているのは、いい加減なことばかりだ。根拠を示してもらいたいものだな」

片桐は、ぽかんとした顔で倉島を見た。

「根拠ですか……。まるで、管理職みたいなことをおっしゃいますね」

「人を説得するには根拠が必要だろう。管理職もへったくれもない」

「倉島さんなら、探れるのではないかと思ったのですが……」

「探れる……？」

「ソト二が何を調べているのかについて、です」

「外事二課の仕事を、外事一課の俺たちが知る必要なんてない」

「ベトナム人とロシア人が絡んでいるんです。情報交換すべきじゃないですか」

倉島はすっかりあきれてしまった。

「頭を冷やせと言ってるんだ。殺人の被害者はベトナム人だが、ヴォルコフは被疑者じゃない。参考人に過ぎないんだ。どうして、ベトナム人とロシア人が絡んでいるということになるんだ?」

「調べていけば、きっとわかると思います」

「その必要はないと言ってるんだ」

話が堂々巡りしそうで、倉島はうんざりしていた。

「ベトナムと日本の関係も、最近いろいろな問題を孕《はら》んでいます」

片桐が言った。「二〇一九年のベトナム人の不法残留者の数は、約一万三千人で、過去最高でした。国別・地域別でもトップです」

「日本国内での犯罪検挙率もトップらしいな」

「日本に合法滞在するベトナム人の数は、二〇一八年時点で、約三十三万人。国別増加率でも最高なのです」

「だから、ベトナム人が犯罪の被害者となっても不思議はない。そういう話なんじゃないのか?」

「それだけ、いろいろなベトナム人が入国しているということでしょう。その中には、インテリジェンスに関わる者もいるはずです」

どうするべきか、倉島は考えていた。

片桐の思い込みに付き合わされるのは嫌だと言いながら、すでに伊藤も白崎も巻き込んでいるのだ。

今さら、自分だけ知らんぷりはできない。倉島はそう考えた。

「わかった。外事二課で話が聞けそうなやつを見つけるから、おまえが調べてみろ」

片桐は笑顔になった。

「ありがとうございます」

「あまり入れ込むなよ。冷静にな」

「わかっています」

本当にわかっているのか。

そう思いながら、倉島は席を立ち、小会議室を出た。

5

席に戻った倉島は、しばらく外事二課の知り合いについて考えていた。同じ外事なので、顔見知りはたくさんいるが、携帯電話の番号を知っており、いつでも連絡を取れるような相手はごく限られていた。

第三係に盛本久信《もりもとひさのぶ》という一期上の捜査員がいる。彼なら携帯電話の番号を知っているし、それほど気を使わずに済む。

携帯電話を取り出した倉島は、そこで躊躇《ちゅうちょ》した。

どうして俺が、片桐に言われて、わざわざ電話をしなけりゃならないんだ。

もしかしたら、盛本は殺害されたベトナム人について調べていて、忙しいかもしれない。そんなところに電話したら、けんもほろろの扱いを受けるかもしれない。

警察官は人の迷惑など考えないと思われがちだが、それは捜査をしているときのことだ。誰だって、人に迷惑はかけたくない。

結局、携帯電話をそのままポケットにしまった。

係長から新たな任務を命じられることもなく、その日の勤務は終わった。

ロシア外相来日の直後の平穏な時間だ。誰にも邪魔をされたくなかった。かといって、何をするわけでもない。ただ早く帰宅するだけだ。

官舎に戻り、テレビを見ながら、コンビニで買って来た弁当を食べ、ビールを飲む。

こうしていても、いつ呼び出しがかかるかわからない。それが警察官の生活だ。

幸いその日は呼び出しもなく、十二時頃に就寝した。

熟睡した翌日は快調だった。おかげで、午前九時過ぎに片桐から電話があったが、それほど面倒だとは思わなかった。

片桐は言った。

「話を聞けそうなソト二の人ですけど、どうなりました？」

「ああ……。昨日は捕まらなくてな、これから電話してみる。連絡が取れたら、折り返し電話する」

「お願いします」

しょうがないな……。

倉島は、いったん電話を切ると、盛本にかけた。

多忙なら出ないだろう。出なけりゃ出ないでかまわない。

そう思っていると、電話がつながった。

「はい」とだけ言って名乗らない。公安マンの常識だ。

「ご無沙汰してます。外事一課の倉島です」

「何だ？」

「公機捜の者に、ソト二の誰かを紹介してくれと言われまして」

「公機捜が、何の用だ？」

興味はなさそうだ。これは、断られるな。そう思いながら、倉島は言った。

「何でも、ベトナム人が殺害された件についてらしいんですが……」

短い沈黙があった。そして、声の調子が変わった。明らかに関心を持った様子だ。

「そいつが何かネタを持っているということか？」

「同期の刑事から何か聞いたらしいです。公機捜の仕事じゃないと思うんですが……」

「何というやつだ？」

「片桐です」

「わかった。話を聞いてみる」

「すいません」

電話が切れた。

盛本は愛想はないが、真面目で優秀だ。やると言ったことは、ちゃんとやってくれるに違いない。

さて、これで片桐もおとなしくなるかな……。

そんなことを思っていると、上田係長に呼ばれた。

「何でしょう？」

「白崎さんがどうしているか知らないか？」

係長より白崎のほうが五歳ほど年上なので「さん」づけだ。

「え……？」

倉島は、彼の席を見た。姿が見えない。

「さあ……」

「今日はまだ出勤していない。直行の連絡は受けていない。電話をしても出ない。白崎さんらしくない」

「そうですね……。ご家族に事情を訊いてみたらどうです?」

「白崎さんは一人暮らしだよ。五年ほど前に離婚している」

知らなかった。

「そうだったんですか」

「何か、心当たりはないか?」

ないこともないのだが、あれこれ尋ねられると面倒だと思い、咄嗟《とっさ》に「ありません」とこたえた。

「そうか」

上田係長が言った。「何かわかったら、すぐに知らせてくれ」

「はい」

倉島は席に戻った。

パソコンを開いてディスプレイを見つめていたが、実は何も見ていなかった。

このまま知らんぷりをしていようと思ったが、さすがに白崎のことが気になってきた。しばらくあれこれと考えていたが、やがて、倉島は再び席を立って係長席に行った。

上田係長は怪訝《けげん》そうな顔で言った。

「何だ?」

倉島は言った。

「心当たりがないと申しましたが、まったくないわけではありません」

「言ってみろ」

「白崎さんは、マキシム・ペトロヴィッチ・ヴォルコフというロシア人に興味を持っていました」

「何者だ?」

「ベトナム人殺害の現場近くにある防犯カメラに映っていた人物だということです」

「あの殺人か。どこからの情報だ?」

「公機捜の片桐です。同期の刑事から入手した情報だとか……」

上田係長が眉をひそめた。

「どうしてそれをおまえが知っている?」

「自分らの仕事と関連があるのではないかと言って、片桐が自分に知らせてきたんです」

「おまえたちの仕事? 何のことだ?」

「ロシア外相随行員の行確です。ヴォルコフという人物が、随行員の誰かと接触をした可能性があるということでしたので……」

「そんな報告は、私のところに上がって来ていない」

「報告の必要がないと判断しました」

上田係長は、しばらく無言で倉島を見つめていた。倉島はひどく落ち着かない気分になった。

やがて、上田係長が言った。

「ベトナム人殺害に関係しているかもしれないロシア人が、ロシア外相随行員の誰かと接触をしたかもしれない……。そんな情報を得ていながら、報告の必要がないと判断しただと?」

「片桐が言っていることのほとんどは憶測に過ぎませんでした。ヴォルコフが防犯カメラに映っていたといっても、犯行の瞬間が映っていたわけではありません」

上田係長は、再び沈黙した。

倉島は上田係長が何か言うまで待つことにした。余計なことは言わないに限る。

「それで……」

上田係長が言った。「白崎さんはヴォルコフに興味を持っていると言ったな。具体的にはどういうことなんだ？」

「ヴォルコフのことを調べたいと言っていました」

「それはいつのことだ？」

「昨日です」

「昨日の何時頃だ？」

「午前中ですね」

「それから、白崎さんはどこかに出かけたのか？」

「庁内では見かけていませんから、出かけたのでしょう」

「どこへ出かけたんだ？」

「自分は知りません」

「白崎さんと連絡を取ってみるんだ。消息が知りたい」

「わかりました」

「それから、ヴォルコフのことを、報告書にまとめろ」

「はい」

今口頭で言った程度のことしかわかっていない。それを文書にして提出しろということだろうと、倉島は思った。

席に戻ると、すぐに白崎の携帯電話にかけてみた。呼び出し音は鳴るが白崎は出ない。留守番電話サービスのアナウンスに変わった。

倉島は、折り返し連絡をくれるようにメッセージを残そうと思った。

だが、妙な胸騒ぎがして、何も言わずに電話を切った。頭の片隅で警鐘が鳴ったのだ。

なるべく痕跡を残さないことが公安マンの常識だ。それに従うことにした。

それから、倉島は内線で公総課の伊藤にかけた。

「はい、公安管理係」

「伊藤か？　倉島だ」

「何でしょう？」

「その後、白崎さんから何か連絡はなかったか？」

「その後というのは、昨日の午前中に会った後ということですか？」

「そうだ」

「いいえ。ありません」

「連絡が来たら、すぐに俺に知らせてくれ」

「了解しました」

相変わらず、その声音と口調からは、何の感情も読み取れない。

電話を切った倉島は、今度は片桐にかけた。

「あ、倉島さんですか。ソトニの盛本という人から連絡がありました。どうもありがとうございます」

「白崎さんから何か連絡はなかったか？」

「え？　白崎さんですか？　いいえ、何も……」

「そうか」

倉島は電話を切ろうとして、ふと思い直し、言った。「盛本さんと会う約束はしたのか？」

「はい。今日の午後一時に、公機捜車を回します。車内で話をすることになると思います」

車の中は秘密の話にはもってこいだ。もっとも最近は、ドライブレコーダーに気をつけなければならないのだが……。

倉島は言った。

「俺も合流しよう。いっしょに話が聞きたい」

「わかりました。午後一時に本部庁舎正門前です」

「了解だ」

倉島は電話を切った。

上田係長に提出する報告書は、片桐と盛本の話を聞いてからでいいと思った。

その他に、白崎についての手がかりはないかと考えた。いつも白崎と組んでいた西本芳彦《よしひこ》のことが頭に浮かんだ。

彼は今、警察庁の警備企画課の研修中だ。つまり、全国の公安を統括するゼロの研修だ。今は研修の真っ最中で携帯電話も手元にないはずだから、白崎が彼と連絡を取り合うとは思えない。だから除外することにした。

それ以外に、今のところ心当たりはなかった。

案外、ひょっこりと顔を出すのではないか。そんなことも思ったが、それは希望的観測かもしれないと思い直した。

ヴォルコフを調べると言った翌日に、姿を消して連絡が取れない。これは、何かあったと考えるべきだろう。

このまま席にいたら、また上田係長から何か言われるかもしれないと思ったので、倉島は外出することにした。

立ち上がり、出入り口に向かったが、上田係長は倉島のほうを見ていなかった。ほっとしながら、外事一課をあとにした。

庁舎を出ると、虎ノ門交差点方面に向かって歩いた。道路を渡り、喫茶店に入った。今どきのカフェではない。昔ながらの喫茶店だ。

そこでコーヒーを飲んで、十一時半まで時間をつぶした。それから、日本式洋食という、言葉としてはちょっと矛盾しているようだが、妙にしっくりとくるレストランで昼食を済ませた。

一時前に警視庁本部庁舎の前に行き、片桐の車を待った。

すると、背後から声をかけられた。

「倉島じゃないか」

振り向くと、盛本が立っていた。

「ああ、どうも。さっそく片桐と会ってくれるそうですね」

「どうしてここにいる？」

「自分もいっしょに話を聞こうと思いまして……。かまいませんよね」

「片桐とは初対面だから、あんたがいてくれると助かる」

見覚えのあるシルバーグレーのセダンが停車するのが見えた。警察によくあるタイプの車両だ。

片桐が乗っている公機捜車だ。刑事部の機動捜査隊が使っている覆面車とほとんど同じだ。

倉島は車に近づいた。そのあとに、盛本がついてくる。

助手席の片桐が下りてきて、後部座席のドアを開けた。

「どうぞ、乗ってください」

倉島は、盛本を先に乗せた。いちおう警察官なのだから、長幼の序は心得ている。

倉島が乗り込むと、車はすぐに出発した。運転しているのは、片桐とペアを組んでいる松島肇巡査部長だ。

倉島が、紹介を済ませると、盛本がすぐに言った。

「ベトナム人殺害について、何かネタを持っているということだな？」

片桐がこたえる。

「犯行現場近くにある防犯カメラに、マキシム・ペトロヴィッチ・ヴォルコフというロシア人が映っていました」

「それは何者だ？」

片桐がこたえる。

「バイオリニストだということになっていますが……」

「違うのか？」

「よくわかっていません。しかし、怪しいことは事実です」

「どう怪しい？」

「ロシア外相の随行員と接触を持ったと思われます」

倉島は言った。

「こいつの思い込みということもあり得ます。ヴォルコフのことをざっと洗ってみましたが、クリーンでした」

盛本が倉島を見た。

「それなのに、俺に会えと言ったのか」

「ヴォルコフをさらに詳しく調べようとしていた外事一課の者が、連絡を絶ったんです」

盛本が無言で倉島を見つめた。

片桐が言った。

「え、それって、もしかして白崎さんのことですか？」

倉島は片桐に言った。

「おい。うかつに捜査員の固有名詞を出すんじゃない」

「あ、すいません」

すると、盛本が無表情に言った。

「いいじゃないか。身内同士なんだ」

「それでも注意しなけりゃ……」

「それで、その白崎という人が、ヴォルコフのことを調べていたんだな」

「調べると言っていたのは昨日のことです。まさか、接触はしないと思うのですが……。まずは、行確でしょう」

盛本はそれにはこたえなかった。しばらく考えた後に、彼は言った。

「連絡を絶ったのは、いつのことだ？」

「今朝、係長にそう言われました。午前九時半頃のことです」

「調べると言っていたのが、昨日の午前中。そして、今朝九時半には連絡が取れなくなっている。つまり、二十時間ほどの時間が経過している。何か起きるには充分の時間だな」

倉島は思わず聞き返した。

「何か起きる？」

「そう思っているから、あんたはここにいるんじゃないのか？」

そう尋ねられて、どうだろうと、倉島は思った。

だが、少なくとも、盛本が「考え過ぎ」だとは感じなかった。盛本が言ったとおり何かが起きているのではないだろうか。

白崎にもしものことがあったら、自分の責任かもしれない。倉島はそう思いはじめていた。

白崎は、ヴォルコフのことを調べるべきだと言ったが、倉島は本気で取り合おうとしなかったのだ。

片桐から電話があったときに、本気で話を聞いていれば、白崎が一人で調べを始めることなどなかったのだ。

今さらそんなことを言っても始まらない。大切なのは、これからどうするか、なのだ。だが、少しばかりの後悔はぬぐい去れない。

「白崎さんに何が起きているのかを、ここで論じても仕方がありません。手がかりがないのですから……」

倉島の言葉に盛本はうなずいた。

「ヴォルコフについて詳しく聞かせてくれ。俺はそのために来た」

片桐がこたえた。

「そもそもは、この松島が言いだしたことでした」

倉島は、運転席をちらりと見て言った。

「松島が……？」

「ええ。刑事部の同期から防犯カメラの映像を見せられたと言ったでしょう。正確にはそれをキャプチャーした静止画なんですが、松島もいっしょに見たんです。そして、同一人物を密行の最中に見たと、松島が言うんです」

密行というのは、機動捜査隊員が車両で巡回をすることを言う。公機捜でも同じように言うのだなと、倉島は思いながら、無言で話の先をうながした。

「ロシア外相が来日して、自分たち公機捜も外相一行周辺の巡回に駆り出されました。ホテルの前で、松島が防犯カメラの人物を見たと言い出したのです」

盛本が言った。

「ヴォルコフに間違いないんだな？」

運転席の松島がこたえた。

「間違いありません」

盛本が倉島に言った。

「その話を聞いて、あんたはどうしたんだ？」

「念のために洗わせました」

「洗わせた？　誰に？」

「片桐の同期で、公総課にいる者に、です」

「自分自身で調べようとはしなかったのか」

非難されているように感じた。

「防犯カメラに映っていた人物が、ホテルの周辺で目撃された……。ただそれだけのことで、調べるだけの根拠がないと思いました」

盛本が言った。

「あんた、作業班だったよな」

「ええ、そうです」

「信じられないな」

6

盛本の一言に、倉島はむっとした。

「何が信じられないのですか」

「作業班は、もっと嗅覚が鋭いと思っていた」

「嗅覚？」

「諜報の臭いを嗅ぎつける能力だよ。この公機捜の連中のほうが、ずっと敏感だ。そうじゃないか」

倉島は反論しようとしたが、言葉が見つからなかった。

片桐が言った。

「いや、倉島さんはちゃんとヴォルコフを洗ってくれたのですから……」

盛本が尋ねる。

「……で、その結果は？」

倉島はこたえた。

「先ほども言ったとおり、クリーンだということでした」

「それを、白崎という人に伝えたのか？」

「はい」

「彼は納得しなかったわけだな」

「ヴォルコフを洗った公総課のやつが、クリーン過ぎる気がするからもっと調べたい、なんて言ったので……」

盛本があきれた顔になった。

「その公総課のやつも、公安としてまともな感覚を持っているじゃないか」

俺だけがまともじゃないということか。

そう言えば、白崎が「どうかしてる」と言っていた。

片桐が言った。

「ソト二では、被害者のことを調べているんでしょう？」

盛本が言った。

「アジア人が殺害された。外事二課としては周辺を洗ってみる必要がある」

「急に動きが慌ただしくなったという話を聞きましたよ。何かひっかかったんじゃないですか？」

盛本が倉島に言った。

「ほう……。今のところ、彼のほうがあんたよりもずっと公安らしいじゃないか」

倉島は何も言わなかった。

片桐がさらに尋ねる。

「どうなんです？　何かわかったんですか？」

盛本が片桐に言った。

「そんなことをここでしゃべれると思うか？」

「こっちはヴォルコフのことを教えたんですよ」

「そんなものは、交換条件にはならない」

「教えてください。ヴォルコフのことを調べるためにも、情報が必要なんです」

盛本がしばらく無言で考え込んでいた。片桐も無言で盛本のこたえを待っている。

やがて、盛本が言った。

「もし、本気でヴォルコフのことを調べると言うのなら、外事一課との連携も考えられる」

片桐が倉島に言った。

「もちろん、本気で調べますよね」

その質問にはこたえられなかった。倉島は言った。

「とにかく今は、白崎さんの消息を知ることが先決だ」

盛本が言った。

「なら、これ以上の話はなしだ。下ろしてくれ」

盛本側、つまり後部座席右側のドアは内側からは開かない。倉島が車から出なければ、盛本も下りられないのだ。

倉島は言った。

「調べないとは言っていません。実際に、公総課のやつは、引き続き調べると言ってるんだし……」

「俺は、あんた自身のことを言ってるんだ。作業班が動くと言うのなら、話は違ってくる」

「外事二課が何を摑んでいるかにもよりますね」

片桐が言った。

「腹の探り合いをしているときじゃないでしょう」

倉島は片桐に言う。

「もちろんそうだ。だから、俺は白崎さんの行方を追う。それが、必然的にヴォルコフを調べることになるかもしれない」

盛本が言った。

「調べるだけじゃなくて、戦うことになるかもしれない」

倉島は聞き返した。

「戦う……?」

「そういう相手かもしれないと、片桐は言っているわけだろう」

「もちろん、戦うべき相手なら戦いますよ」

盛本がまた何か考えている様子だった。やがて彼は言う。

「殺害されたベトナム人の名は、チャン・ヴァン・ダット。年齢は三十七歳だ。技能実習生として来日。日本に来るベトナム人の多くがこの技能実習生だ」

倉島は思わず尋ねた。

「三十七歳で技能実習生?」

「十八歳以上であれば、問題ない。年齢の上限はない。ただし、当然ながら若い世代が圧倒的多数だ」

「技能実習生ならば、外事二課がいちいちチェックする必要はないんじゃないですか?」

「俺の専門はベトナムじゃない。中国なんだよ」

「中国……？」

「言えるのは、ここまでだ。さあ、車から下ろしてもらうぞ」

松島が運転する公機捜車は、警視庁正門がある内堀通りの桜田門から、六本木通り、外堀通りの虎ノ門というコースを周回していた。

盛本に言われて、松島は車を桜田門の警視庁正門前に再び停めた。

倉島はドアを開けて、いったん外に出た。盛本が車を下りる。

「作業を開始するようなら、必ず連絡をくれ」

彼はそう言うと、本部庁舎の玄関に向かう長い歩道を歩き出した。

倉島は車内に戻り、ドアを閉めた。

片桐が言った。

「結局、何も教えてくれませんでしたね」

倉島は言った。

「いや、盛本さんは、ぎりぎりのところまで話してくれた」

片桐が体をひねり、倉島のほうを向いた。

「それ、どういうことです？」

「外事二課が急に慌ただしくなったのは、中国が絡んだせいなんだと思う」

「え……？　でも、被害者はベトナム人で、盛本さんは、それで興味を持ってくれたんでしょう？」

「つまり、被害者のベトナム人が、中国人と関わったということじゃないのか？」

「その中国人は何者でしょう?」

「さあな。盛本さんもさすがにそこまでは洩らせないだろう」

「そうですよね」

「だが、こちらにおいしい情報があれば、向こうも気が変わるはずだ」

片桐が、ぱっと顔を輝かせる。

「本格的に調べを開始するということですね?」

「白崎さんのこともある。やらないわけにはいかないだろう」

「また、自分を使ってください」

「それについては、また連絡する」

倉島は車を下りようとした。

片桐が言った。

「自分たちも引き続き、調べてみます」


午後二時前に席に戻った。白崎に電話をしてみる。

今度は呼び出し音が鳴らず、電波が届かないところにいるか、電源が入っていない、というメッセージが流れてきた。

先ほどとは別の、地下室などに移動したということだろうか。それとも単に電池切れか。あるいは、誰かが電源を切ってしまったのかもしれない。

そんなことを考えていると、机上の警電が鳴った。

「はい、外事一課」

「こちら、公安機動捜査隊です。倉島達夫警部補ですか?」

「そうですが」

「公機捜隊長が会いたいとのことです。至急、こちらにいらしてください」

問答無用の言い方に、気分を害した。

「こちらって、目黒一丁目ってこと?」

「そうです」

「用件は?」

「隊長が直接伝えます」

相手はおそらく、公機捜の庶務を担当する部署の係員だろう。だから、彼に文句を言っても始まらない。

倉島は、公機捜隊長の嫌みったらしい顔を思い出していた。髪をきちっと七三に分けた、いかにも役人然とした男で、会うたびに必ず何か不満を抱えているような顔をしている。

「わかりました。これから警視庁本部を出ますから、三十分ほどで着くと伝えてください」

「了解しました」

電話が切れた。

公機捜がいったい何の用だろう。だが、あの隊長のことだ。きっとろくでもない用事に違いない。

倉島はそう思いながら、すぐに出かけた。

公機捜の本部は以前も訪れたことがあり、隊長室の場所は知っていた。一階で、係員に「案内する」と言われたが、それを断って直接訪ねた。

隊長室の外には、庶務係の島があり、用件を問われた。官姓名を言うと、すぐに通された。

「外事一課、倉島です」

「入って、ドアを閉めろ」

輪島芳則《よしのり》隊長は、最初から高圧的だった。彼は五十歳の警視だ。

倉島は言われたとおりドアを閉め、隊長席の前で直立した。

「私に断りなしに、勝手な事をやっているようだな」

「何のことでしょう」

「しらばっくれるな」

本当に何のことかわからなかった。だから、黙っていた。

すると輪島隊長が言った。

「今度はダンマリか。公機捜をなめるのもたいがいにしろ」

「申し訳ありません。おっしゃっていることが理解できないのですが……」

「片桐と松島を勝手に動かして、何かやっているだろう」

倉島は、「あっ」と思った。

片桐が言いだしたことだが、それを伝えても言い訳としか取らないだろう。

「実は、ちょっとした調査を……」

「君にそんな権限があるのか？　作業班なら何でもできると思ったら大間違いだぞ。片桐も松島もうちの隊員だ。つまり、指揮権は私にある」

「はい。それは充分に承知しております」

「承知していながら、片桐と松島を使ったということか。それは、大きな問題だぞ」

しまったと、倉島は思った。

片桐が会いたいと言ってきたとき、いい加減な対応しかしなかった。もっと、真剣に考えていれば、と思った。

拒否するということではない。

片桐が主張するように、ヴォルコフのことは調べなければならないと、今では思いはじめている。

ちゃんと筋を通せばよかったということだ。もし、本気で対応すれば、当然そういうことにも考えが及んだはずだ。

白崎の「どうかしてる」という言葉が、再びよみがえる。

倉島は、頭を下げた。

「考えが足りなかったかもしれません。反省いたします」

そんな謝罪の言葉で収まるような相手ではない。輪島隊長は、嵩にかかるように言った。

「口だけの反省で済むと思うな。君は、公機捜の指揮系統を無視した。つまり、警察の機構をないがしろにしたということだ」

倉島は頭を下げたまま言った。

「申し訳ありません」

俺は間違いなく腑抜けていた。

倉島はそう思った。

白崎が連絡を絶ったことも、こうして輪島隊長から叱責されていることも、すべてはそれが原因だ。

輪島隊長の言葉が続く。

「何らかの処分が必要だと思う。追って何か沙汰があるはずだから、待っていろ。以上だ」

言い訳をすることもできなかった。退出するしかなかった。

倉島は、かなりへこんだ気分で本部庁舎に戻った。

すると追い討ちをかけるように、公総課長から呼び出しを食らった。

公総課に行くと、課長室の前に決裁待ちの列ができていた。作業についての話なら、その列を飛び越えて課長に会うことができる。

だが、今回はずいぶんと待たされた。

ようやく呼ばれて、課長室に入ると、倉島は言った。

「外事一課、倉島です」

佐久良忍《さくらしのぶ》課長は、まだ四十歳の警視正だ。つまり、キャリアだ。眼鏡をかけた色白な男で、その眼差しはいつも無表情だが、今日は特に冷ややかだった。

「輪島公機捜隊長から連絡がありました。公機捜隊員に無断で調査を命じたそうですね」

「申し訳ありません。しかし、調査を命じたというのは少しばかり事実とは違います」

「事実とは違う?」

「公機捜隊員のほうから、調査をやりたいという申し入れがあったのです。私はそれを容認しました。ですから、私のほうから調査を命じたわけではありません」

「どうして、その公機捜隊員は、あなたに調査をしたいと申し入れたのですか?」

「以前に、私のもとで作業をした経験があったからでしょう」

「あなたは、うちの課の伊藤に調査を命じましたね?」

「はい。それについては、弁明いたしません」

「なぜ、伊藤に命じたのですか?」

「伊藤も、公機捜隊員とともに、かつて私のもとで作業を経験しておりまして、信頼に足る人材だと思いましたので……」

「あなたは作業をしていたのですか?」

作業をするときは必ず、公総課長の許諾を得る。だから、彼は倉島が作業などしていなかったことを知っている。

知っていて訊いているのだ。倉島はこたえた。

「いいえ。作業はしておりませんでした」

佐久良課長は、しばらく無言で冷たい視線を倉島に向けていた。

やがて、彼は無表情のまま言った。

「もし作業となれば、あなたにはかなりの裁量権が与えられ、実行部隊のメンバーを選任することも可能でしょう。しかし、作業でもないのに、命令系統を無視して、勝手に係員を動かしたとなると、これは明らかな越権行為で、処罰の対象ともなりかねません」

輪島に叱責されたあとは、気分がへこんだだけだったが、佐久良課長に呼び出しを食らうと、激しい危機感を抱いた。

もしかしたら、作業班を外されるかもしれない。いや、それ以前に、公安から飛ばされるのではないか。そんな思いがあり、後頭部が痺れるくらいに不安になった。

佐久良課長がさらに言う。

「何か言うことはありますか?」

「考えが足りませんでした」

「そのとおりです。しかし、それだけではありません。あなたは、作業班に入り、慢心していたのです」

頭を殴られたくらいの衝撃を受けた。倉島は、その一言で、ようやく気づいた。

白崎はそのことを指摘してくれていたのだ。倉島はそれに気づかなかった。それは、白崎を見下していたからだ。

慢心は恐ろしい。

佐久良課長が言った。

「しばらく謹慎《きんしん》というのが、妥当な措置だと思いますが……」

倉島は言った。

「申し開きのしようもありません。できればしばらく猶予《ゆうよ》をいただきたいと思います」

「ほう……。それはずいぶんと勝手な言い分ですね。あなたは処分を受けるのですよ」

「同じ外事一課第五係の白崎が連絡を絶ちました。それについて、早急に調べなければなりません」

「連絡を絶った……？　それが何だと言うのです？」

「公機捜の隊員が調べたいと言い、自分が伊藤に調べさせたのは、ヴォルコフというロシア人のことです。そして、白崎はそのヴォルコフを調べると言った翌日に、連絡を絶ちました」

「それで……？」

「自分は係長から、白崎の行方を追うようにとの指示を受けました。白崎がもし危険な目にあっているのだとしたら、助け出さなければなりません」

「だから何だと言うのです？」

倉島は深呼吸してから言った。

「作業の認可をください」

佐久良は、相変わらず無表情で倉島を見つめていた。

ここは返事を待つしかない。そう思い、倉島は気をつけのまま黙っていた。

7

「驚きましたね」

佐久良課長が言った。「処分の猶予がほしいと言ったと思ったら、作業の許可がほしいですって？」

倉島は言った。

「白崎さんを見つけなければなりません」

「それが、国家の危機と何か関係があるのですか？」

「は……？　国家の危機ですか？」

倉島は、佐久良課長の質問の意図がわからずに、戸惑った。佐久良課長が言った。

「そうです。公安の作業は、すべて国家のために行われなければなりません。したがって、国家の危機に関わることでなければ、おいそれと作業の許可を出すことなどできないのです」

佐久良課長が言うことは、もっともだ。作業となれば、領収書のいらない資金がぽんと現金で手渡される。簡単に許可をもらえるものではないのだ。

「ヴォルコフは、日本国内でベトナム人を殺害した可能性があります。そのヴォルコフが公安の捜査員に危害を加えた恐れがあるのです」

「しかし、あなたはヴォルコフが殺人犯であるとは思っていなかったのでしょう？」

「確証がないと考えておりました。今は、その可能性は高いと思っています」

「ヴォルコフが殺人犯だとしても、それは刑事の仕事です。公安のあなたが関わる必要はありません」

「その件に関して、外事二課が動いていますよね」

「そうかもしれません」

「しかも、中国担当の者が捜査をしている……。国家の安全保障に関わる事態に発展するかもしれません」

「ほう……。国家の安全保障に関わる事態とは、具体的にどういうことですか？」

「それはまだわかりません。しかし、もしかしたら、課長はご存じなのではないですか？」

佐久良課長がかぶりを振った。

「外事二課はまだ何も言ってきませんよ。百歩譲って、何か問題があるとすれば、外事二課の者に作業をやらせます」

「白崎さんを見つけて、話を聞けば、何かわかるかもしれません」

「だからといって、白崎さんの捜索を公安の作業と認めることはできません」

「しかし……」

「倉島君」

佐久良課長が困ったような顔で言った。

「はい」

「残念ながら、あなたは信頼を失ったのですよ」

倉島は押し黙った。

仕方のないことだが、言葉に出して言われるとショックだった。

佐久良課長が言った。

「作業の許可を得るには、まず、その信頼を取り戻さなければなりません」

「どうすればいいのでしょう」

「確証が必要ですね」

「ですから、白崎さんを見つければ、何か確証が得られるはずです」

「その確証があれば、作業を認めることができるかもしれません」

白崎の捜索が作業として認められる必要がある。そうすれば、資金も人材も手に入る。だが、確証がなければ、それは認めないと佐久良課長は言っている。

なんだか、卵が先か鶏が先か、という話のように感じられた。

佐久良課長が言った。

「白崎さんの捜索が最優先だということは認めます。ですから、謹慎等の処分はしばらく猶予しましょう。話は以上です」

彼は、もう、倉島には何の関心もないという素振りで、書類に判を押しはじめた。

倉島は退出するしかなかった。

廊下を歩きながら考えていた。

輪島公機捜隊長に叱責され、佐久良公総課長からも厳しい注意を受けた。

だから、もう片桐や伊藤を使うことはできないだろう。だが、連絡を取るくらいは問題ないはずだと考えた。

席に戻ると、倉島は警電で伊藤にかけた。

「はい、公安管理係」

「伊藤か？　倉島だ」

「ご用件は？」

ずいぶん冷淡な言い方だと思った。

「ヴォルコフについて、これまでにわかっていることを、すべて教えてほしい」

「申し訳ありませんが、それはできません」

倉島は驚いた。

「何だって？　もともとは俺が調べろと言ったことじゃないか」

「事情が変わりました。課長から、無闇に他部署の人間の指示に従ってはいけないと言われました」

そういうことか……。ならば、諦めるしかない。

「わかった」

倉島は電話を切った。

一人では無理だ。そう思った倉島は、係長席に行った。上田係長が、顔を上げて言った。

「報告書ができたのか？」

「いえ、まだです。外事二課の者から話を聞いてからのほうがいいと思いまして……」

「外事二課……？」

「ベトナム人殺害に関して、中国担当の者が動いています。もしかしたら、この件に、中国が絡んでいるかもしれません」

「ほう……。ようやく私にまともな報告をする気になったか」

「白崎さんとはまだ連絡が取れません。ヴォルコフは危険な相手かもしれません」

「それで……?」

「いつも白崎さんと組んでいる西本もゼロの研修でいません。人手が必要なのですが……」

「人員は割けない」

上田係長は、きっぱりと言った。「もし、最初から君がちゃんと報告をしていたら、それなりの態勢を組めたかもしれない。だが、今さら手を貸してくれとは虫がいいんじゃないか」

「申し訳ありません。自分が間違っていました」

「そう。間違っていたのだ。始末は自分でつけるんだな」

「一人では白崎さんを見つけるのは無理です」

「人員は割けない。同じことを何度も言わせるな」

倉島は、何か言おうとしたが、言葉が見つからなかった。そして、何を言っても係長の態度は変わらないだろうと思った。

礼をして係長席を離れた。

席に戻った倉島は、絶望的な気分になっていた。俺は孤立無援だ。そういう立場に自分で自分を追い込んだのだ。

白崎が危険な状態にいたらどうしよう。一刻も早く彼を見つけ出す必要がある。だが、俺一人で何ができるだろう。資金もない。

片桐がヴォルコフのことを知らせてきたとき、どうして本気で話を聞こうとしなかったのだろう。

「あなたは、作業班に入り、慢心していたのです」と、佐久良公総課長が言った。まさに、そのとおりだと、倉島は思った。

白崎も、俺に対して警鐘を鳴らしていたのだ。今になって、それがわかった。

どうしてもっと早く気づかなかったのだろう。そう思ったが、今さら遅い。

倉島は、ほとんどパニックに陥りかけていたが、なんとか自制しようとした。

落ち着け。何もかもいっぺんにやろうとしても、無理だ。まずは、できることと、優先度が高い事柄をリストアップすることだ。

倉島は、メモ帳にボールペンで箇条書きしていった。

ヴォルコフの身辺調査
白崎の足取りを追う
ヴォルコフの行確
チャン・ヴァン・ダット殺害の捜査の進捗《しんちょく》を聞く

取りあえず、それだけが頭に浮かんだ。

ヴォルコフの身辺調査については、伊藤がやったことをそのまま繰り返せばいい。伊藤から報告を聞けないのだから、自分自身でもう一度洗い直すしかない。

白崎の足取りについては、多少手間がかかるだろう。通常、人海戦術でやる捜査だ。だが、一人でやるしかないだろう。

ヴォルコフの基本的な事柄を洗った後は、行動確認だ。これも一人では限界があるが、やるしかない。

ヴォルコフを洗う前に、上田係長への報告書を書かなければならない。失った信用を取り戻すのは容易ではない。言われたことを、きちんとこなす。それが大切だ。

倉島は、パソコンで報告書を作りはじめた。


午後五時過ぎに報告書が出来上がり、プリントアウトして上田係長に提出した。

上田係長は無言でそれを受け取り、「未決」と書かれた箱に放り込んだ。すぐに読む気はないらしい。いや、そもそも読む気があるかどうか疑問だった。

倉島は、席に戻ると、まずパソコンで警視庁内にあるヴォルコフの記録を検索した。伊藤が言ったとおり、犯罪や違反の記録は何も出てこなかった。

地域課の巡回連絡カードに記録があったのは奇跡に等しいと、倉島は思った。外国人はおろか、日本人でもなかなか記入してくれないのだ。

ヴォルコフは巡回連絡カードに記入していた。地域課の手柄だ。あるいは、ヴォルコフは、何らかの意図を持って記入したのかもしれない。

カードに記入するのを拒否すると、警察からマークされる恐れがある。それを避けようとしたのかもしれない。善良で無害な外国人を演じようとしたのではないだろうか。

住所がわかれば、行確も可能だ。

その前に、白崎の足取りを追いたかった。

警視庁を出た白崎はどこに向かったのだろう。彼のことだから、すぐにヴォルコフの住所を調べ出したことだろう。だとしたら、真っ先にそこに向かうはずだ。

そう考えた倉島は、行ってみることにした。品川区東五反田三丁目のアパートだ。

ロシア人が住みそうな土地だと、倉島は思った。品川や五反田周辺に住むロシア人は多い。

品川駅から柘榴《ざくろ》坂を上ったところに、駐日ロシア通商代表部がある。日ロ間の商業経済活動についてさまざまな便宜を図る機関で、その関係者が、品川駅や五反田駅の周辺に住んでいる。

彼らの多くは、実はスパイなのではないかと、倉島は考えている。ロシアというのは、それくらいの警戒心をもって接してちょうどいい国だ。

出かけようとした倉島は、ふと立ち止まり、上田係長に、一言断っておこうかと考えた。媚《こび》を売っているように思われるかもしれないが、今の倉島にはそれが必要な気がした。

係長席に近づき、告げた。

「ヴォルコフの自宅アパートの近くに行って、白崎さんの足取りの手がかりがないかどうか調べてきます」

上田係長は、ちらりと倉島を見て、ただ小さくうなずいただけだった。

倉島は、刑事総務課に寄り、白崎の顔写真を入手し、それを携帯電話のカメラに収めた。

警視庁本部庁舎を出た倉島は、車があれば便利なのだが、と思った。だが、係長があの態度だと、捜査車両を使わせてもらうことなどあり得ないだろう。自家用車は持っていない。

今日は聞き込みに回るだけなので、それほど必要はないが、行動確認となると、車がなければきつい。

何とかしなければならない。そう思いながら、倉島は地下鉄有楽町線とＪＲ山手線《やまのて》を乗り継ぎ、五反田駅にやってきた。

徒歩で、東五反田三丁目に向かう。典型的な住宅街だった。ヴォルコフは、独身者用のアパートに住んでいた。二階に大家が住んでおり、一階を四世帯に賃貸している。

そのアパートの前にいると、近所の主婦らしい女性が通りかかったので、声をかけた。

「すいません。ちょっとよろしいですか？」

警察手帳を提示すると、怯《おび》えたような眼を向けてきた。刑事に声をかけられると、一般人はたいていこのような表情をする。

「何ですか？」

「ちょっとうかがいたいのですが、この人物をこのあたりで見かけませんでしたか？」

倉島は携帯電話に取り込んだ白崎の写真を見せた。

「知りませんね……」

それほど期待はしていなかった。たまたま通りかかった人が、有力な情報をもたらしてくれる確率はきわめて低い。

聞き込みは、ダメ元で当たる数が勝負だ。だから、人数が必要なのだが、今の倉島は一人だ。

しかも、時間はない。

より有効と思われる相手に話を聞かなければならない。倉島は、ヴォルコフのアパートの大家を訪ねることにした。白崎なら当然、同じことをすると考えたのだ。

建物の脇にある階段を上ると、大家の自宅の玄関ドアがあり、その脇にインターホンがあった。

インターホンのボタンを押して告げる。

「すいません。警察ですが、ちょっとよろしいですか？」

年かさの男性の声が聞こえた。

「警察？　何ですか……」

「お話をうかがいたいのです。ほんの少しの時間でけっこうです」

「待ってください」

しばらくすると、玄関のドアが細く開いた。U字ロックをかけたままだ。倉島が警察手帳を提示すると、ドアが改めて開いた。

出てきたのは、頭髪が薄くなった老人だ。

「また、警察ですか……」

「またということは、別の警察官がお訪ねしたということですね？」

「ええ。昨日……」

倉島は携帯電話を取り出して、白崎の写真を見せた。

「この人物ですか？」

大家は、目を細くして画面を見つめる。

「ええ。そうです」

「昨日の何時頃のことですか？」

「さあねえ……。昼過ぎだったと思いますが……」

「どんな話をなさいました？」

「ヴォルコフさんのことでした。普段の生活振りとかを訊かれました」

「どういうふうにおこたえになったのですか？」

「普通だとこたえましたよ。別に問題を起こすわけじゃないし、家賃もちゃんと払ってくれています」

「音楽家だということですが、どういうところで仕事をなさっているのでしょう」

「さあ、私は知りません。部屋を貸しているだけですからね」

「ロシア人に部屋を貸すことになったのは、どういう経緯だったのですか？」

「別に外国人だって、私は差別しませんよ。このあたりには、けっこうロシア人の方が住んでおられるし……。部屋を管理してくれている不動産会社からの紹介でしたから、問題ないと思いました。事実、何の問題もありません」

「その後、この写真の警察官がどこへ行ったかご存じありませんか？」

「え……？」

大家が怪訝そうな顔で、倉島を見つめた。たしかに、彼にとっては奇妙な質問かもしれない。

「実は、私はこの同僚を探していまして……」

「どういうことです？」

「連絡が取れなくなっていましてね……。どこかでサボっているのかもしれませんが……」

「どこへ行ったかなんて、知りませんよ。このドアを閉めて、それっきりですからね」

倉島はうなずいた。

「ご協力、ありがとうございました」

大家が、ふと何事か思い出したように、一度閉めようとしたドアを再び開いた。

「そう言えば……」

「何です？」

「昼飯を食べたいが、このへんでどこかいい店はないかと訊かれました」

「それで……？」

「いい店って言ってもねえ。ご覧のとおりの住宅街ですから……。この先に、中華料理屋と鮨屋があると教えたんです。目の前の道を下って、最初の角を右です」

「この先ですね？　わかりました。ありがとうございます」

ドアが閉まった。

倉島は、大家に言われたとおりに進んだ。道沿いに大衆的な中華料理店が見えてきた。さらにその先の細い路地に鮨屋があった。

まず、倉島は、中華料理店に行き、中年の女性店員に、白崎の写真を見せた。彼女が知らないと言ったので、カウンターの中の厨房にいる店主らしい男にも同様に尋ねた。

この店には来ていないと言う。礼を言って店を出て、今度は鮨屋を訪ねる。カウンターの中の年かさの男性に尋ねた。彼はこの店の大将らしい。

彼は言った。

「ああ、昨日いらしたお客さんですね。ランチの時間の終了間際に飛び込んでいらしたんで、覚えてますよ」

「ランチの時間は？」

「午前十一時から午後二時までです」

「ここで食事をしたんですね」

「ええ、そうです」

「何か話をしましたか？」

「ロシア人のことを尋ねておいででしたね。このあたり、ロシア人が多いんですよ」

「それで……？」

「何とかいうロシア人のことについて訊かれたんですが、誰もその人のことを知りませんでした」

「この店を出てから、この写真の人物がどこに向かったか、心当たりはありませんか？」

「さあ……。食事を終えたお客さんがどこに行かれたかなんて、私らにはわかりませんね」

「そうですか。お忙しいところ、ありがとうございました」

倉島は、鮨屋を出た。

8

ランチ時間終了間際に飛び込んできたというから、白崎は午後二時近くからしばらく鮨屋にいたことになる。

だが、肝腎《かんじん》のその先がわからない。やはり聞き込みは人海戦術が一番効果があるのだ。倉島は、その他の飲食店でも聞き込みを行ったが、足取りはつかめなかった。

時計を見ると、午後七時半だ。ヴォルコフのアパートの張り込みでもやろうかと思った。だが、三月下旬は春とはいえ、日が落ちるとかなり冷え込む。

それに、住宅街で立ったまま張り込みをすると、不審者と思われる恐れがある。通報でもされたら、また係長や公総課長に何を言われるかわからない。

取りあえず、食事をすることにした。最初に話を聞いたのとは別の中華料理店があったので、そこに入って夕食をとることにした。

このあたりはなぜか中華料理店が多い。

炒飯と餃子のセットがあったので、それを注文した。

白崎を見つけることはできるのだろうか。倉島は不安だった。大海にボートで放り出されたような感覚だ。寂寥《せきりよう》感すら抱いた。

食欲もなく、出てきた炒飯を平らげるのに苦労した。普段の倉島にはあり得ないことだ。

食事を終えると、倉島は先ほど書いたメモをポケットから取り出した。ヴォルコフの基本的な情報は得た。白崎の足取りも、鮨屋で昼食をとったところまではたどれた。

ヴォルコフの行確は、明日車をなんとか入手して考えよう。

残るは、チャン・ヴァン・ダット殺害の捜査についてだ。誰か刑事を捕まえて話を聞く必要があるが、いきなり捜査本部に行っても邪魔者扱いされて追い出されるだけだ。

考えた末に、片桐に電話するしかないと思った。

輪島公機捜隊長から叱責されたが、電話するくらいならいいだろう。

倉島は、店を出てから、周囲に人がいないのを確認して、片桐に電話をした。

「はい、片桐です。倉島さんですか？」

「そうだ。今さら電話できた義理じゃないんだが……」

「連絡、待っていましたよ」

この言葉に、倉島は驚いた。片桐も自分に愛想を尽かしているのではないかと思っていた。

「本当は電話をするのもまずいと思ったのだが……。公機捜隊長からきつく言われているからな」

「隊長のことなんて気にすることはないですよ。あの人は公安のことなんて何もわかっていないんですから」

たしかに、輪島隊長は自分の仕事に不満を抱えているように見える。だが、そのことについてはコメントしないことにした。

「実は、教えてほしいことがあって電話したんだ」

「何ですか？」

「おまえに、チャン・ヴァン・ダット殺害の件について情報をくれた刑事がいたと言っていたな」

「ええ。同期のやつです」

「そいつから話が聞きたい。名前と連絡先を教えてくれないか」

「児玉致《こだまいたる》と言います。児玉のほうから連絡させますよ」

「いや、それには及ばない」

「自分が連絡をつけて、必ず電話させます」

片桐がそこまで言うのなら、断る理由はないと、倉島は思った。

「じゃあ、そうしてもらおう」

「ヴォルコフの件、調べてくれているんですね」

「ああ。白崎さんの所在を知る必要もあるしな……」

「作業なんですか?」

「いや、そうじゃない」

「じゃあ、どんな態勢なんですか?」

「俺一人でやっている」

片桐は驚いたらしく、一瞬沈黙した。

「一人ですか……」

「じゃあ、児玉というやつからの連絡を待っている」

そう言って、倉島は電話を切った。

片桐は、倉島からの連絡を待っていたと言った。ありがたいことだが、今はそれがなおさら辛かった。その言葉に甘えるわけにはいかないからだ。

時計を見ると、すでに午後八時を過ぎている。白崎のことを思うと、とても帰宅する気になれない。

取りあえず、ヴォルコフのアパートまで戻って、しばらく様子を見ることにした。

ヴォルコフの部屋に明かりはついていなかった。外出しているのだろう。

まさか、部屋にいてこちらの様子をうかがっていたりはしないだろうな。そんなことは、ほぼ百パーセントあり得ないのだが、つい、そんなことを考えてしまう。疑心暗鬼は冷静さを失っている証拠だ。

電信柱の陰に立って、部屋の監視を始めた。電信柱にくっついていたとしても、姿が隠れるわけではない。それでも、何かに身を寄せてしまう。

やはり夜は冷え込んだ。日中が暖かかったので、コートは着ていない。やはり車が必要だなと、倉島は思った。

午後九時過ぎに、ヴォルコフが帰宅した。部屋の明かりが点《とも》り、それからしばらく様子を見ていたが、特に変わった様子はなかった。

訪ねていって、白崎の居場所を聞き出そうか……。そう考えてから、すぐに反省した。

そんなことをしても、ヴォルコフがこたえるはずがない。不可能なことをやろうとするのは、焦っている証拠だ。

そのとき、携帯電話が振動した。夜の住宅街は静かなので、声を落としてこたえた。

「はい、倉島」

「捜査一課の児玉といいます。片桐から言われて電話をしています」

「ああ、済まない」

倉島は歩き出した。民家が密集している場所から離れて、少し大きな通りに出れば、普通の声で話せるだろう。

児玉の声が聞こえてくる。

「殺人のことで、お話がおありだと聞いておりますが……」

「今、ヴォルコフのアパートの近くにいるんだが、その後、捜査に進展は？」

児玉が驚いたように言った。

「ヴォルコフのアパートの近く？　じゃあ、捜査本部の係員もいるはずです」

そう言われて、倉島は周囲を見回した。ヴォルコフに監視がついているということだろう。

それらしい姿は見当たらない。おそらく、捜査車両を使って尾行・監視をしているのだろうが、車は見えないところにいるらしい。

倉島は言った。

「アパートの近くでは、電話がしにくいので、そこから離れた。だから、監視の連中とは出会っていない」

「よかったです。公安と刑事が鉢合わせしたら、ろくなことがありませんから……」

「公安が邪魔者みたいな言い方だな」

「そうじゃありません。でも、実際にそうでしょう」

「そうかもしれない。……それで、捜査のことだが、監視がついているということはヴォルコフが被疑者になったということか？」

「そうじゃありません。あくまでも参考人です」

「他に、被疑者はいるのか？」

「あの……。外部の方に、捜査情報を洩らすわけにはいかないんですが……」

「片桐には、ヴォルコフのことを教えたんだろう？」

「情報が欲しかったからです。ギブアンドテイクです」

「何か教えてくれれば、こちらもわかったことを教える」

「今のところ、ヴォルコフは参考人。わかっているのは、それだけです」

「ヴォルコフの監視はいつからついているんだ？」

「そんなこと、言えませんよ」

「一つだけ教えてくれ。ヴォルコフを監視していた連中が、うちの白崎を見なかったかどうか……」

「え……？　外事一課の方ですか？」

「そうだ」

「いえ、そういう話は聞いていませんね」

「捜査本部に行けば、ヴォルコフを監視しているチームに話を聞かせてもらえるか？」

「はあ、それくらいはできると思いますが……」

「君は今、捜査本部にいるのか？」

「ええ。捜査員の上がりが午後八時で、つい今しがた、会議が終わったところですから……」

「これから、捜査本部を訪ねる。どこに設置されているんだっけ？」

「麻布警察署です」

「わかった。三十分以内に行く」

「了解しました」

倉島は電話を切ると、ちょうどやってきたタクシーの空車をつかまえた。

麻布警察署は、新庁舎に引っ越してからそれほど経っていないので、どこもかしこもぴかぴかだった。

所在地は六本木四丁目なので、麻布署と呼ぶのは妙だが仕方がない。旧庁舎も六本木六丁目だったが、ますます麻布から遠ざかったことになる。

大会議室の一つに、捜査本部があると受付で言われて、そこに向かった。

出入り口近くにいた若い刑事をつかまえて、捜査一課の児玉に会いたいと言った。

その刑事は、大声で言った。

「捜査一課、児玉さん、おられますか？」

彼は児玉の顔を知らないようだ。捜査本部は所轄と警視庁本部の捜査員の混成部隊だから、当然こういうこともある。

捜査本部内は、すでに人影がまばらだ。幹部席には誰もいなかった。捜査員たちは、夜の捜査に出かけたか、仮眠所にいるのだろう。

最近は、働き方改革とやらで、帰宅する捜査員もいるらしい。

若い男が近づいてきた。

「倉島さんですか？」

「児玉君か？」

「そうです」

「さっそくだが、ヴォルコフを張り込んでいた連中に話を聞けるか？」

「六人のチームが三交代でやっています。その中の一人を捕まえてあります」

児玉が捜査本部の奥に向かったので、倉島はそれについていった。彼は、四十歳くらいの男に声をかけた。それから倉島を紹介した。

「麻布署の新谷《しんたに》だ。何が聞きたいんだ？」

「ヴォルコフの監視をしていて、この人物を見かけなかったかどうか知りたいんです」

携帯電話を出して写真を見せる。

新谷は電話を手に取り、画像を見つめた。

「あ、これ、白崎さんじゃないか」

「ご存じですか？」

「大塚署にいた頃、刑事課でいっしょだったよ」

「今は、自分と同じ外事一課にいるんです」

「ああ、そうらしいな。それで、白崎さんを見かけなかったか、というのは、いったいどういうことなんだ？」

「白崎さんが、ヴォルコフのことを調べに行ったきり、連絡が取れなくなったんです」

新谷と児玉が顔を見合わせた。倉島に視線を戻すと、新谷が言った。

「白崎さんは、どうしてヴォルコフを調べていたんだ？」

「もともとは、そこの児玉君が公機捜の片桐というやつに、ヴォルコフのことを知らせたことが発端です。その話を聞いた白崎さんが調べたいと言って……」

新谷が驚いたように、児玉を見た。

「公機捜に情報を洩らしたというのか？」

児玉がこたえた。

「情報が欲しかったんです。公安なら何か知っているかもしれないと思ったんですが、正規のルートから問い合わせても、公安はこたえてくれないでしょう」

新谷がしかめ面をした。

「そうかもしれんが、公機捜の件は、上の者は知らないんだろう？」

「知らせていません」

「そういうの、独断でやると面倒なことになるぞ」

「外事二課が事件に関連して何か嗅ぎ回っているようなのですが、そちらから情報が入ってくることはありません」

倉島は言った。

「外事二課の中でも、中国担当のやつが動いています」

新谷と児玉が、同時に倉島のほうを見た。驚きの表情だった。

新谷が言う。

「中国だって……？　ベトナム担当じゃないのか？」

倉島は肩をすくめた。

「自分が知る限りでは、中国の専門家のようです」

児玉が言った。

「まさか、そちらからそんな情報をくれるとは思ってもいませんでした」

うかつに洩らしたわけではない。何かを聞き出すには、呼び水が必要なのだ。お互いに情報を出し合うことで、共犯関係のようなものを築くことができる。

新谷が言った。

「それで……、ヴォルコフは、公安事案に関わっているということなのか？」

倉島はかぶりを振った。

「それはまだわかりません」

児玉が言う。

「ヴォルコフは、来日したロシア外相の随行員の誰かと接触したのでしょう？」

倉島はこたえた。

「そのようだ。だが、誰と何の用で接触したのかは確認されていない。旧友か親類縁者に会いにいった可能性だってあるんだ」

児玉が言った。

「本気でそんなことを言ってるんですか？」

「あり得ることだ。俺たちだって、まだ何もわからないんだ」

新谷が言う。

「白崎さんがヴォルコフと接触したということか？」

「わかりません。昨日の午後二時前後に、ヴォルコフのアパートの大家を訪ねたり、近くの鮨屋で食事をしたことはわかっているのですが……」

「午後二時なら、俺が監視をしていたが、ヴォルコフは都内のスタジオにいた。だから、自宅のほうは誰も監視していない」

「ヴォルコフには、ずっと捜査員が張り付いていたんですね？」

「ここ二日間くらいはそうだな……」

「ここ二日間？　事件が起きた日に、すでに防犯カメラに映っていたことは確認されたんでしょう？」

「だからいちおう洗ったよ。だが、鑑《かん》が薄いんで、一度被疑者リストから外された」

鑑が薄いというのは、関係性が希薄だという意味だ。

新谷の言葉が続いた。

「しかし、被疑者が見つからない。そこにもってきて、ロシア外相の随行員に会ったという児玉の報告などがあり、あらためてヴォルコフが参考人リストに浮上したというわけだ」

倉島は考えた。

白崎とヴォルコフが接触したのだとしたら、当然、監視している捜査員たちがその場面を目撃しているはずだ。

だが、捜査員たちは白崎を見ていないと言う。これは、どういうことなのだろう。

白崎は、ヴォルコフと接触していないのだろうか。だとしたら、姿を消したのはなぜだろう……。

倉島が考え込んでいると、新谷が言った。

「なあ、ヴォルコフってのは、何者なんだ？」

倉島はこたえた。

「わかりません。洗ってみたんですが、何も出て来ません」

「こっちでも同じだったよ」

「何者かわからないから、白崎さんが調べようとしていたんです」

「何かわかったら、教えてくれるだろうな」

「そういう約束はできないんです」

「正直なやつだな」

「ただ、自分はできるだけ情報交換したいと考えています」

新谷がうなずいた。

「こっちも白崎さんのこと、気にかけておくよ。何かわかったら、知らせる」

「では、また連絡します」

「連絡は、児玉にしてくれ」

「わかりました」

そうか。孤立無援だと思っていたが、こういうやり方もある。倉島はそう考えた。

ただし、情報はうまくコントロールしなければならない。でなければ、一方的に提供するだけになってしまう。また、刑事たちの周囲には常にマスコミがいるので、情報漏洩の危険もある。

倉島はそう思いながら、麻布署の捜査本部をあとにした。

9

帰宅したのは、午後十一時過ぎだった。

さすがに疲れているのを意識した。やはり、一人でやれることには限界がある。それでも、やらなければならない。

倉島は白崎に電話してみた。相変わらず、電源が入っていないか、電波の届かないところにいる、というメッセージが返ってくるだけだ。

まさか、もう消されているのではないだろうな。

倉島はそう思った。

ヴォルコフが、チャン・ヴァン・ダットを殺害したのだとしたら、白崎を始末した恐れは大いにある。

どういう理由で、ヴォルコフがベトナム人を殺したかはまだ不明だ。だが、来日したロシア政府の関係者と接触した疑いがあることから、ロシア当局の工作員だという可能性がある。

だとしたら、自分に接触してきた日本の捜査員を殺害しない理由はない。

携帯電話をテーブルに置いて、倉島は思った。

疲れていると、マイナス思考になる。今日はとにかく眠ろう。明日になれば、何かいいこともあるかもしれない。

自分にそう言い聞かせて、倉島は浴室に向かった。

翌日の朝、倉島は真っ先に上田係長に、昨日の報告をした。最後に、ベトナム人殺害の捜査本部に顔を出したことにも触れたが、そこでの会話の内容については、詳しく述べなかった。

上田係長は、面倒臭げに無言でうなずいただけだった。倉島に対する態度はまったく改善していない。

これでは望み薄かもしれないと思いながら、ダメモトで申し入れてみた。

「捜査車両を使いたいんですが……」

「何のために？」

「ヴォルコフの行確です」

「白崎とはまだ連絡が取れないのか？」

「まだです」

上田係長は、渋い表情で言った。

「公総課で、所要の手続きをしてくれ」

「は？」

「捜査車両だ」

「ありがとうございます」

その間上田係長は、一度も倉島のほうを見なかった。

まあ、仕方がない。車両使用の許可が出ただけ、一歩前進だ。

倉島は公安総務課に行き、車両を借りる手配をした。係の者が言った。

「こういうの、事前に申し込んでもらわないと……」

「申し訳ない。急用でね」

「みんな、そう言うんですよ」

係員はそこで溜め息をついた。「車両は駐車場で受け取ってください」

「了解だ」

近くに伊藤の席があったが、彼は倉島のほうを見なかった。パソコンを見て、淡々と仕事をこなしている。

わざと無視しているというのではない。今は倉島になどまったく関心がないという様子だ。さすがは伊藤だと、倉島は感心していた。

車が手に入ると、独特の安心感があった。シルバーグレーのセダンで、覆面車としてはごく一般的な車両だった。

まず、ヴォルコフの自宅に向かうことにした。ベトナム人殺害の捜査本部の連中が張り付いているはずなので、鉢合わせしないように気をつけようと思った。

東五反田三丁目にやってくると、倉島は慎重に駐車場所を探した。ヴォルコフのアパートからかなり離れた場所に駐めると、車を下りた。

刑事たちの車がないか、周囲に気を配りながら、ヴォルコフのアパートに近づく。監視しているらしい車は見当たらなかった。

ヴォルコフは出かけているのだろう。刑事たちは、尾行していったのだ。

車に戻り、ヴォルコフの部屋の窓が見える位置に移動した。細い通りなので、駐車していると多少、他の車の迷惑になるかもしれないが仕方がない。

そこでしばらく様子を見ることにした。部屋は無人だろうが、もしかしたら、誰かが訪ねてきたりするかもしれない。

それから、二時間ほど監視を続けたが、こんなことをしていて意味があるのだろうかという疑問がわいてきた。

通常、張り込みや行確は、命じられてやる。しかも、何チームか交代でやることが多いので、疑問に思うことなどない。……というか、疑問など抱いてはいけない。ひたすら言われたとおりに張り付くのだ。

だが、今は自分の判断で張り込みをしている。本当に今やっていることが、一番効率がいいのかどうか自信がなくなってくる。

時計を見ると、十一時だった。倉島は、やるべきことを記したメモを取り出した。なんだか、すべて無駄なような気がしてくる。

捜査車両を手に入れたときは、気分が軽くなった。身を隠すことができるし、行動範囲が広がったような気がしたのだ。だが、今は車などあっても事情はそれほど変わらないという気がしている。

どうしたらいいのか……。

そう思いながら、メモをポケットにしまったとき、電話が振動した。捜査本部の児玉からだった。

「はい」といつもどおり、名乗らずに電話に出る。

「児玉です」

「どうした？」

「白崎さんの身柄を確保しました」

一瞬、何を言われたのか理解できなかった。

「捜査本部が、白崎さんの身柄を押さえたということか？」

「そうです。今、捜査本部に運んでいます」

「どういうことだ？」

「ヴォルコフと接触していたということです。詳しい事情は、自分にもわかりません。いずれにしろ、身柄が到着してからだと思います」

「白崎さんは無事なんだな？」

「ええ。ぴんぴんしています。ヴォルコフと並んでホテルの玄関から出て来ました」

「ホテルの玄関……？」

「品川の駅前にあるホテルです」

どうなっているんだ……。倉島は、当惑しながら言った。

「これから、白崎さんに会いにいく」

「来ても、会えるかどうかわかりませんよ」

「とにかく、行ってみる」

倉島は車を出した。

麻布署の捜査本部を訪ねると、そこに白崎の姿があった。数人の捜査員に取り囲まれ、立ったまま話をしている。その中に、児玉や麻布署の新谷の姿もあった。

到着して間もない様子だ。倉島は、その人の輪に近づき、声をかけた。

「白崎さん」

白崎は、その場にそぐわない、のんびりした口調でこたえた。

「ああ、倉島か……。どうしたんだ？」

「どうしたも何も……。昨日の朝から連絡が取れないので、行方を探していたんです」

「ああ、そりゃ済まなかったね」

捜査員の一人が厳しい顔で、倉島に言った。

「何だ、あんたは」

「白崎さんと同じ、外事一課の倉島と言います」

白崎が付け加えるように言った。

「俺なんかと違って、ゼロ帰りのエースだよ」

倉島は言った。

「エースなんかじゃないですよ」

捜査員は白崎に言った。

「ゼロだのエースだの、公安じゃない俺たちには関係のないことだ。それより、あんた、事と次第によっちゃ、面倒なことになるぞ」

倉島は、その人物に言った。

「どうして、白崎さんの身柄がここに運ばれることになったんですか？　経緯を説明していただけませんか」

捜査員は、怒りの眼差しを倉島に向けた。

「どうして、そんなことを説明しなけりゃならないんだ」

「上に報告しなくちゃならないんですよ。昨日の午前中から、ずっと白崎さんを探していたんですから……」

「知ったことか」

口調がさらにきつくなった。「こっちは、慎重に監視を続けていたんだ。絶対に触らないというのが、捜査本部の方針だ。それなのに……」

「触らない」というのは、接触しないということだ。

相手がどんなに腹を立てていても、必要なことは聞き出さなくてはならない。

「白崎さんが、無断でヴォルコフと接触したということですね」

「おかげで、こっちの監視態勢はぶち壊しだよ」

すると、白崎が言った。

「いや、監視は続ければいい。どうせ、ヴォルコフは監視に気づいていたんだから……」

刑事たちが、一斉に白崎に注目した。

「どういうことだ？」

捜査員が尋ねる。

白崎はこたえた。

「そう言っていたよ。自分が監視される理由がわからないって……。だから、私と話がしたかったんだそうだ」

「どんな話をしたんだ？」

倉島は、会話に割って入った。

「すいませんが、白崎さんと二人で話をさせていただけませんか？」

すると、捜査員が怒鳴った。

「ふざけるな。こっちの話が済むまで、引っ込んでろ」

刑事が腹を立てるのは理解できる。だから、倉島は、白崎が解放されるのを待つしかないと思った。

倉島がおとなしくなったと見て、捜査員は白崎に言った。

「こっちは、きっちり態勢組んでやってるんだ。それをぶち壊されたんじゃ、たまんないんだよ。いくらシラさんでも、かばいようがないぜ」

彼は、白崎を「シラさん」と呼んだ。つまり、以前からの知り合いなのだ。公安に来る前は刑事畑だった白崎は、やはり刑事たちの世界で顔が広いようだ。

白崎が言った。

「申し訳ないと思っている。ヘマをやっちまってね……」

「何がヘマだったって言うんだ？」

「ヴォルコフには当然、監視がついているんじゃないかとは思っていたよ。だから、こっちも慎重にやったつもりだった。だが、やつは俺に気づいた。そして、向こうから接触してきたんだ」

「向こうから接触してきた……？」

「そう。彼の自宅アパート近くで、声をかけられた」

「何て言われたんだ？」

「私に何か用ですか？　彼はそう言った。ごまかそうとしたけど、その時思ったんだ。これは、またとないチャンスじゃないかって……」

「なんてことを……」

倉島は、思わずつぶやいた。「へたをすれば、殺されていたんですよ」

捜査員が怒鳴った。

「うるさい。黙ってろ」

それから、白崎に向き直り、彼は尋ねた。「それは何時頃のことだ？」

「そう。午後三時頃のことだったね……」

倉島は、疑問に思って尋ねた。

「そのとき、監視がついていたんでしょう？　ヴォルコフと白崎さんが接触したところを見ていたはずじゃないですか」

また怒鳴られるかと思った。だが、そうではなかった。捜査員は苦い顔で言った。

「そのとき、監視班は録音スタジオで張っていたんだよ」

倉島は、訳がわからず、眉をひそめた。

「録音スタジオ……？」

捜査員はますます不機嫌そうになった。

「黙ってろと言ってるだろう」

「すいません。経緯をまったく知らないもので、つい……」

　捜査員は無視するように、白崎への質問を続けた。

「こっちが公安だと告げると、ぜひ話がしたいので、いっしょに来てくれと、ヴォルコフが言った。逃げるべきか、ついていくべきか迷ったが、結局ついていくことにしたよ。そしたら、品川のホテルの一室に連れていかれた。こりゃ、いよいよやばいかなと思ったけど、本当にヴォルコフは、私と話がしたかっただけだった」

「どんな話をしたんだ？」

　白崎は肩をすくめた。

「どうして、自分は監視されているんだと訊かれたので、適当に誤魔化したよ」

「何と言って誤魔化したんだ？」

「あんた、ロシア外相の随行員の誰かに会いにいっただろう。だから、しばらく我々の監視対象になったんだ……。そう言ったよ」

「向こうは納得したのか？」

「納得しようがしまいが、それを繰り返したよ」

　そのとき、「気をつけ」の号令がかかった。捜査員の中の誰かが言った。

「一課長だ」

　すると、白崎に質問していた捜査員が言った。

「まだ放免にするわけにはいかない。しばらく待ってろ」

彼は、幹部席のほうに向かった。

倉島は白崎に尋ねた。

「今の人は誰なんです？」

「ああ。捜査一課の係長だ。石田弘《いしだひろし》警部、四十八歳」

「もしかして、白崎さんと同じ年ですか？」

「ああ。同期だ」

倉島は、どうしても録音スタジオの件が知りたくて、児玉に尋ねた。

「ヴォルコフの監視班が録音スタジオにいたって、どういうことだ？」

児玉が、石田係長と同じように苦い表情になった。

「午前十時頃に自宅を出たヴォルコフは、ロシア大使館の近くにある録音スタジオにやってきました。確認したところ、レコーディングのためのスタジオミュージシャンだということでした。監視班は車をスタジオの敷地内に駐めて、出てくるのを待っていたんですが……」

白崎が補った。

「どうやら、服装を変えて、午後二時半頃にスタジオを出たらしいんだが、監視班はそれに気づかず、夕方まで張り込んでいたらしい」

つまり、巻かれたということだ。

その場にいた刑事たちは、その話題に対して、明らかに不機嫌そうだった。

白崎を呼ぶ石田係長の声が聞こえた。彼は幹部席の捜査一課長の前にいる。課長から直々に何か言われるようだ。

捜査一課長は、田端守雄《たばたもりお》警視。刑事畑の叩き上げだ。

白崎がそちらに向かったので、ついていくことにした。

二人で、課長の前で気をつけをした。

石田係長が倉島に言った。

「おまえは呼んでない。あっちへ行ってろ」

すると、田端捜査一課長が尋ねた。

「何者だ?」

石田係長がこたえる。

「シラさんと同じ、外事一課のやつらしいんですが……」

「ほう。シラさんと組んでるのかい」

すると、白崎がこたえた。

「いいえ。ペアというわけではありません。この倉島は、ゼロ帰りで、自分なんかよりずっと優秀なんです」

「お、チヨダか……。そいつはたいしたもんだ」

田端課長は続けて言った。「同じ外事一課なら、いっしょに話を聞いてもらってもかまわないよ」

石田係長が、忌々しげに倉島のほうを見た。

田端課長は、白崎を見て言った。

「シラさん、久しぶりだなあ」

「は……。刑事畑を離れて、けっこう経ちますので……」

「そう。刑事の時代は、ずいぶんと活躍してくれたよなあ」

「いえ、そんな……」

「そんなシラさんが、捜査本部の監視態勢をぶち壊すようなことをするなんて、俺は信じられないんだけどな」

田端課長は明らかに腹を立てている。白崎にもそれはわかっているはずだ。

「申し訳ありません」

白崎は言い訳をせず、ただ深々と頭を下げた。つられて、倉島も頭を下げていた。同じ公安なのだから、ここはいっしょに謝っておいたほうがいいと思った。

「……で、公安は何だってヴォルコフをマークしてるんだ？」

白崎がこたえた。

「来日したロシア外相の随行員の誰かと接触をしたということですから、ロシアを担当する外事一課としては無視はできません」

もともとは、捜査本部の児玉から公機捜の片桐に来た話だ。つまり、捜査本部から情報が洩れたということなのだが、それは言えない。

白崎もその点は心得ているようだ。

田端課長が聞き返す。

「それだけか？」

白崎がきょとんとした顔になった。

「それだけですが、何か……？」

「公安は秘密主義だからな」

「自分も、刑事の頃はそんなことを思っていましたが、公安になってみてわかりました」

「何がわかった？」

「知っているような顔をしているだけで、実際には、そんなに知っているわけではないということを……」

田端課長はしばらく白崎を見つめていたが、やがて言った。

「公安事案で監視しているだけだと、ヴォルコフに言ったそうだな」

「はい。今申し上げたとおり、ロシア外相の随行員と接触したらしいことが問題なのです」

「つまり、殺人事件の捜査のことは秘密にしてくれたわけだ」

「もちろんです」

「張り込みがやりやすくなったとも言えるな。つまり、俺たち捜査本部が張り付いても、公安事案だと思ってくれるかもしれない」

その言葉に、石田係長が抗議の眼差しを向けた。だが、田端課長はそれを無視して、白崎に言った。

「足並みがそろわないと、困ったことになるんだよ」

白崎が目をぱちくりさせる。

「足並みですか……」

「刑事と公安の足並みだよ」

「有力な情報があれば、必ず知らせます」

「最後に訊くが……」

「はい」

「ヴォルコフは、チャン・ヴァン・ダットを殺害したのか？」

白崎が驚いたように言う。

「それはわかりません。自分たちは、殺人事件を捜査しているわけではありませんので……」

田端課長は再び、無言でしばらく白崎を見つめていた。睨《にら》んでいたと言ってもいい。

そして、課長は言った。

「わかった。行っていいよ」

10

幹部席を離れた白崎と倉島に、石田係長がついてきた。児玉や新谷ら捜査員たちもやってきて、再び取り囲まれた。

石田係長が言った。

「課長はああ言ったが、まだ無罪放免というわけにはいかないぞ」

白崎がこたえた。

「まあ、そうだろうな」

「事実関係を確認しなけりゃならない。シラさんがヴォルコフと会ったのは、午後三時頃と言ったか？」

「そうだよ」

「それから、二人で品川のホテルに移動したんだな？」

「そう。タクシーでの移動だった」

「ホテルに到着したのは何時頃だ？」

「三時半とかだろう。四時にはなっていなかった」

「それから、どれくらい話をしたんだ？」

「ヴォルコフが部屋を出るまでだからね。四時間以上だな。やつは、午後八時半頃、部屋を出ていった」

「それから……？」

「ゆっくりしていけと言われたので、ルームサービスで食事をして、一泊したよ。翌朝、ヴォルコフがやってきて、チェックアウトした」

倉島は、あきれる思いで言った。

「こっちは必死で行方を追っていたのに、のんびり一泊ですか」

白崎が言った。

「翌朝まで外に出るなと言われたんだ。携帯電話も持っていかれた。監視がついているから、逃げようとしても無駄だと言っていた。まあ、今考えると、監視がついているというのは嘘だったけどね」

「携帯電話を取り上げられても、部屋の電話で連絡できたでしょう」

「まさか、私の行方を探しているとは思わなかったからね」

「無断欠勤じゃないですか」

「え……？　係長には、直行直帰の連絡を入れたよ」

倉島は、驚いた。つまり、係長は、昨日のどこかの時点で、白崎が無事なことを知っていたのだ。居場所も知っていたに違いない。なのに、知らんぷりで、倉島に白崎を探させていたのだ。

なるほどな……。でなければ、たった一人で行方不明の捜査員を追え、などとは言わないだろう。

それは、倉島に対する制裁だったのかもしれない。人間、冷静さを失うと、そんなことにも気づかないのだ。

石田係長が苛立たしげに倉島を一瞥してから、白崎に言った。

「それで、ヴォルコフといっしょにホテルから出てきたというわけだな」

「そういうことだ」

「ヴォルコフは、自分が殺人の参考人だということを知っているのか？」

白崎はかぶりを振った。

「どうだろう。気づいていないとは言い切れない。ただ、私はさっきも言ったように、一貫して公安事案で監視していたと言い張ったし、ヴォルコフがそれを信じている様子ではあったがね……」

石田係長は舌打ちした。

「だから、くれぐれも触るなと言っていたのに……」

「接触しなくても、ヴォルコフは監視に気づいていたんだよ」

「他に何かわかっていることはないのか？」

白崎はかぶりを振った。

「俺は、一昨日ヴォルコフの調査に着手したばかりだ。まだ何も知らないよ」

「四時間も話をしていて、チャン・ヴァン・ダット殺害の件には、一度も触れなかったのか？」

「触れるわけないだろう。俺だって捜査本部の立場はわかってるよ」

石田係長は、渋い表情で考え込んだ。

早く白崎から、刑事たちがいない場所で話を聞きたかった。だが、それをせっつくと、石田係長の機嫌がますます悪くなるだろうと思い、倉島は黙っていることにした。

白崎も無言で、石田係長の言葉を待っている。

石田係長は、やがて言った。

「今後も、ヴォルコフの行確をやるのか？」

白崎はこたえた。

「そうだなあ……。それは、本部に戻って係長とかに相談してみないとわからないね」

石田係長が溜め息をついて言った。

「今日のところは、これくらいにしておいてやる」

「行っていいってこと？」

石田係長は、無言で白崎に背を向けた。

「じゃあ……」

白崎がそう言って出入り口に向かったので、倉島はそのあとを追った。


廊下を進みながら、倉島は白崎に言った。

「話を聞かせてもらえますか？」

「何の話だね。あんた、ヴォルコフに興味はなかったんじゃないのか」

白崎の口調も、幾分か冷ややかに感じられた。

「すいません。自分が間違っていました」

「間違っていた？」

「はい。最初から、片桐の話を真剣に聞くべきだったと思います。増長していたと反省しています」

「じゃあ、ヴォルコフのことを調べるんだね？」

「はい。係長にも報告してあります」

白崎が歩を緩めた。

「どこで話をする？」

倉島は、ほっとして言った。

「車を用意してあります。その中でどうですか」

「車があるのか。そりゃいい」

「玄関で待っていてください。駐車場から回します」

倉島は、駐車場から車を出して、玄関で白崎を拾った。白崎は助手席に乗った。

倉島は、白崎に尋ねた。

「どこに向かいましょう？」

「俺に訊くのかい？　あんたが決めなよ」

「ヴォルコフの行確をやるつもりでしたが、見つかったら、捜査本部の連中がまたへそを曲げますよね」

「そうだな。しばらくヴォルコフに張り付くのは捜査本部に任せたほうがいいかもしれない。じゃあ、警視庁本部に顔を出そうか」

「了解です」

車を出すと、倉島は尋ねた。「ヴォルコフとは、どんな話をしたんですか？　捜査本部の連中に言ったことがすべてじゃないですよね」

「さすがに、ゼロ帰りだな」

「誰だってそう思いますよ。石田係長たちだって、額面通り受け取ったわけじゃないと思います」

「実はな、取引を持ちかけられたんだ」

「取引？」

「さっきも言ったとおり、ヴォルコフは、刑事たちの監視に気づいていた。俺は刑事じゃなくて公安だと言うと、話がしたいと言いだしたわけだ。たぶん、外事二課と勘違いしたんじゃないのかな」

「取引の内容は？」

「ロシアに向けて、出国させてくれれば、チャン・ヴァン・ダットがなぜ死んだのか、説明する……。ヴォルコフはそう言ったんだ」

「なぜ死んだか……？　ヴォルコフが殺したということですよね」

「それについては、何も言わなかった」

「まあ、訊かれもしないのに、自分からしゃべるはずはありませんね」

「そうだな」

「それで、どうこたえたんです？」

「俺は殺人事件を捜査しているわけではないし、そんな権限はない。そうこたえたよ」

「ヴォルコフは何と？」

「なんとかしろと言った。そんなことを言われても、どうしようもないと、俺がこたえると、やつは、チャン・ヴァン・ダットの死にまつわる話は、公安としてはとても重要な情報だろうと言った」

「それで、外事二課が動いているんでしょうか？」

「アジア人が殺人の被害者となったんで、念のため調べているだけかと思っていたが……」

「動いているのは、中国担当の係員のようです」

白崎が驚いた口調で言った。

「中国担当だって？　そんなこと、誰から聞いたんだ」

「一期上の盛本という人です。外事二課の第三係です。片桐といっしょに、彼から話を聞きました」

「そうか……」

白崎は独り言のようにつぶやいた。「ヴォルコフは、刑事たちとは別に、その盛本らの動きを察知していたんだな。俺をその連中と勘違いしたってわけだ」

「だから、向こうから接触してきたと……」

「そういうことじゃないのか」

「どうでしょうね……」

倉島は考え込んだ。

「それにしても、あんたが俺を探していたとはなあ……」

「係長の制裁だと思います」

「制裁……？」

「上田係長は、白崎さんから連絡があったことを教えず、捜索を続けさせていたんです」

「なんでまた、そんなことを……」

「自分の思い上がりを、思い知らせるためでしょう。佐久良公総課長にも、絞られました。自発的な作業は、もうできないかもしれません」

白崎がしばらく考えてから言った。

「上田係長や佐久良公総課長に、ヴォルコフのことは話したんだろう？」

「話しました」

「それなのに、あんたに無駄働きをさせていたというのか？　係長も公総課長も、ヴォルコフのことを甘く見てるんじゃないのか……」

「どうでしょう」

倉島は考えた。「上田係長は白崎さんに、公総課長は外事二課に任せるつもりなんじゃないですか？」

「あんたは、蚊帳《かや》の外というわけか」

「自業自得だと思います」

「まあ、たしかに倉島らしくなかったがな……」

「ようやく、白崎さんのその言葉の意味に気づきました」

「それで、このままヴォルコフの件から手を引くのか？」

「どうでしょう。白崎さんの手伝いくらいはやらせてもらえるかもしれませんよ」

「俺には作業の企画をする資格がない」

「今の自分にもありません」

「倉島らしくないという、俺の言葉の意味がわかったと言ったんじゃなかったのか？」

「そのつもりですが」

「そうじゃないな」

「そうじゃない……？」

「俺の知っている倉島は、簡単に諦めたりはしない」

倉島は、しばらく無言で考えていた。

警視庁本部庁舎が見えてきた。倉島は言った。

「わかりました。とにかく上田係長と話をしてみます」


倉島は白崎と二人で、上田係長の席に行った。上田係長は、驚いた様子もなく言った。

「何だ？」

倉島は言った。

「白崎さんを発見したので、ご報告に……」

「見ればわかる」

「では、この件は、これで終了ということでよろしいですか？」

上田係長は、やはり倉島の顔を見ようとしない。

「ああ。白崎さんが見つかったんだからな」

「係長……」

白崎が、戸惑った様子で言った。「俺は、直行直帰という連絡を入れましたよね」

上田係長が白崎を見て言う。

「そうだっけな……」

「ええ、たしかに電話しました。それなのに、倉島は一人で俺を探しつづけていたようですね。こりゃ、どういうことです?」

上田係長は、表情を変えずに言った。

「白崎さんから電話が来たのは、倉島が捜索に出た後のことだ。だから、倉島はそのことを知らなかった。それだけのことだ」

「倉島が俺を探していることを、忘れていたとでもおっしゃるんですか?」

上田係長はこたえない。

今朝、捜査車両を借りる許可をもらいに来たとき、上田係長はたしかにこう言った。

「白崎とはまだ連絡が取れないのか?」

白崎が無事だということを知りながら、そんなことを言ったわけだ。やはり俺は、ペナルティーを食らったということだろうと、倉島は思った。

しばらく沈黙が続いた。やがて、上田係長が言った。

「ろくに報告もせずに、勝手な事をするのは許されないことだ。それを、身をもって知ってもらおうと思ってな」

白崎が言った。

「倉島は、充分にわかってますよ」

上田係長は、ようやく倉島のほうを見た。思わず眼をそらしたくなったが、倉島はこらえて眼を合わせていた。

先に眼をそらしたのは、上田係長だった。彼は、白崎を見て言った。

「それで……？　ヴォルコフとはどんな話をしたんだ？」

白崎は、車の中で倉島にも話した取引について説明した。話を聞き終えると、上田係長が言った。

「それは、ベトナム人殺害を自白したようなものだな……」

「言質《げんち》は取れていません。彼は、殺人については一言も触れていませんので……」

「捜査本部ではどう見ている？」

「それについては、倉島のほうが詳しいですよ」

上田係長が視線を向けてきたので、倉島は言った。

「まだ、参考人の段階ですが、捜査員が交代で張り付いています」

上田係長は、難しい表情になった。

「ヴォルコフが言っている取引に応じるということは、刑事たちがやつを逮捕するのを邪魔することになるな」

白崎が言った。

「こんな取引に応じることはないと思いますよ。殺人事件なんですし……」

しかし、気になることはいくつもある。そう思ったが、ここは自分の出る幕ではないと、倉島は黙っていた。

すると意外なことに、上田係長が倉島に言った。

「おまえはどう思う?」

倉島は即座にこたえた。

「ヴォルコフがどんな情報を持っているのかが気になります。そして、なぜ中国担当の盛本がこの件に関わっているのか、も……」

上田係長が言った。

「ヴォルコフが何を交換条件にしようとしているのか。それを知ることが先決だな」

白崎が言う。

「しかし、それはやつの切り札ですから、ロシアに帰れるという確証を得るまで、決してしゃべらないでしょう」

「そうこうしている内に、捜査本部は証拠を固めて逮捕しちまうな……」

「それが刑事の仕事ですからね。殺人となると、連中は手を緩めませんよ」

上田係長が、倉島に尋ねた。

「ヴォルコフが握っている情報は、重要だと思うか」

倉島はきっぱり言った。

「重要だと思います」

それに対して、白崎が言った。

「片桐からヴォルコフのことを聞いても、相手にしなかったじゃないか」

倉島はこたえた。

「それについては、おおいに反省しています。今は、ヴォルコフは重要な事案だと考えています」

上田係長が尋ねる。

「重要だという根拠は？」

「ベトナム人を殺害するには、それなりの理由があったはずです。それを外事二課の中国担当が探ろうとしています。そして……」

「そして……？」

「ヴォルコフが追い詰められているからです」

「追い詰められている？」

「……でなければ、白崎さんに取引を申し入れたりはしないでしょう」

上田係長は、しばらく考えた後に言った。

「おまえ、この件を作業にできるか？」

やるしかない。そう思って、うなずいた。

「やります」

「では、白崎さんと二人でかかってくれ」

倉島は、さまざまな感情を込めて礼をした。

11

倉島は、公安総務課に連絡して、佐久良公総課長に面会したいと、申し入れた。

相手の係員が言った。

「明日の午後三時なら、約束が取れますが……」

「至急お会いしたい」

「ご用件は？」

「作業の件だ」

「お待ちください」

しばらく待たされた。やがて、再び係員の声が聞こえてきた。

「では、すぐにいらしてください」

作業という言葉の効果は抜群だ。

「わかった」

倉島は電話を切ると、白崎に言った。

「公総課長に会ってきます」

「俺も行こうか」

「いえ、ここは自分一人で……」

「じゃあ、俺は捜査本部の動きをそれとなく探ってみる」

「睨まれていますよ。だいじょうぶですか？」

白崎は肩をすくめる。

「やりようはいくらでもあるよ」

こういうときの白崎は頼もしい。そう思って、倉島はうなずいた。

「では、お願いします」

そう言うと、公総課長室に向かった。

例によって、課長室の前には決裁待ちの列ができているが、公総課で来意を告げると、列を飛び越してノックするように言われた。

そのとおりにすると、すぐに入室をうながされた。

先客がいたが、すぐに出て行った。

佐久良公総課長が、倉島を見て言った。

「作業の件と聞きましたが、どういうことですか？」

「白崎さんを発見しました」

「わざわざその報告に来たということですか？」

「白崎さんは、行方をくらましていたわけではなく、ヴォルコフと話をしていたのです。ヴォルコフは、白崎さんに取引を申し入れたそうです」

「取引……」

倉島は、簡潔にその内容を伝えた。

話を聞き終えても、佐久良公総課長の表情が変わることはなかった。

「それが、何か……」

「ヴォルコフは、重要な事情を知っているものと思われます。それを探り出さなければなりません」

「ヴォルコフの事案は、殺人事件として、刑事部が手がけています。身柄を拘束すれば、いくらでも話が聞けます」

「逮捕されたら、彼は決してしゃべらないでしょう」

「司法取引という手もあります」

「刑事部や検察は納得しないでしょう」

「では、どうしたいのです？」

「作業をしたいと思います」

佐久良公総課長の視線は、相変わらず冷ややかだった。

「あなたは、白崎さんの消息を知るために、作業したいと言いましたね？　白崎さんは見つかったのでしょう？　ならば、作業の理由はないはずです」

「白崎さんがヴォルコフと接触することで、ヴォルコフが重要な情報を握っていることがわかりました。それを探るための作業です」

「国家の安全保障に関することでしょうか？」

「日本国内でベトナム人が殺害され、それについてロシア人が何かを知っているのです。理由をはっきりさせないと、安全保障に関わると思います」

「その発言に説得力はありませんね」

佐久良公総課長は時計を見た。倉島の持ち時間は終了したということだろう。

課長はさらに言った。

「あなたは、まだ信頼を回復したわけではないのです」

「回復するよう努力しております」

佐久良公総課長が言った。

「出ていくときに、次の人に入室するように言ってください」

話は終わりだということだ。

やはり、だめか……。倉島は、もう言うべきことはなかった。

仕方なく、礼をして退出しようとした。

「計画書を提出してください」

その佐久良公総課長の言葉に、倉島は足を止め、振り返った。

「計画書ですか……?」

「作業の計画書です。納得できる内容なら、考慮します」

倉島は再び、深々と礼をして、公総課長室を出た。

決裁待ちの列の先頭に、「お待たせしました」と言ってから、駆け足で外事一課の席に戻った。

席に戻ると、白崎の姿はなかった。どこにでかけたのかはわからないが、もう連絡が取れなくなることはないだろう。

倉島は、パソコンに向かって作業の計画書を作りはじめた。正式の書式など知らない。そんなものはないのかもしれない。

できるだけ簡潔に、箇条書きを多用して、ヴォルコフに関する事柄をまとめた。

ベトナム人殺害現場近くの防犯カメラにその姿が映っていたことと、ロシア外相の随行員の誰かに会いにいったらしいことは、決して無関係ではあり得ない。そのことを明記した。

片桐から話を聞いたとき、どうしてすぐに対応しなかったのだろう。後悔したが、今はそんなことを考えているときではない。

さらに倉島は、外事二課の中国担当者が、ベトナム人殺害について何かを調べている事実を指摘し、そのこととヴォルコフの関係を明らかにしたいと書いた。

十分ほどで、A4判の用紙一枚分くらいの文書を打った。それを五分ほどで見直して、プリントアウトした。そして、再び公安総務課に連絡して、公総課長への面会を申し込んだ。

待たされるかと思ったが、すぐに訪ねるように言われた。

倉島は、駆け足で公総課長室に向かった。

佐久良公総課長に会うと、倉島は言った。

「計画書を持参いたしました」

佐久良課長は、無言で右手を差し出した。倉島は、書類を手渡した。

佐久良課長が時計を見て言った。

「二十五分ですね」

「は……？」

「計画書を持ってこいと言ってから、二十五分です」

「はあ……」

「三十分以上かかるようだったら、もう話をする気はありませんでした」

倉島は無言で、次の佐久良課長の言葉を待っていた。佐久良課長は、計画書に眼をやった。

やがて、彼は倉島に眼を戻して言った。

「作業となれば、警察庁の警備企画課と連絡を取らねばなりません。待機して連絡を待ってください」

作業の許可が出るかもしれないということだ。少なくとも、佐久良公総課長の了承は得られたということだろう。

あと五分遅かったら却下されたということだ。夢中で書類を仕上げてよかった。今日中か、あるいは、明日でいい、などと考えていたら、完全にアウトだった。

ほっと安堵しかけた倉島は、ふと思い直した。

いや、まだ作業が認められたと決まったわけではない。安心させておいて、やはりだめだと言って、倉島にいっそうのダメージを与えようということかもしれない。

上田係長も、倉島にペナルティーを与えた。佐久良公総課長もそれくらいのことはやりかねない。

そう思いながら、倉島はこたえた。

「了解しました。待機します」

公総課長室を退出して、席に戻った。

こうなれば、まな板の鯉の気分だった。

さんざん待たされた挙げ句、やっぱり却下、などということも充分にあり得る。だから、あまり期待するなと、倉島は自分に言い聞かせていた。

午後二時を過ぎて、まだ昼食をとっていないことに気づいたが、いつ連絡があるかわからないので、席を離れられない。公総課長から連絡となると、携帯電話ではなく、警電の内線にかかってくるだろう。

どうせ、すぐに返事はないだろうから、今のうちに食事をしてこようか。午後二時十五分になり、そんなことを思いはじめた。

そのとき、机上の電話が鳴った。

「はい。外事一課第五係、倉島です」

「佐久良です。作業を開始してください」

倉島は、驚いた。こんなに早く結果が出るとは思っていなかった。そして、心の中でガッツポーズを取っていた。

「了解しました」

「理事官から活動費をもらってください」

「はい」

「報告は電話でいいので、直接私にするように。必要な人員は、あなた自身で確保してください。以上です」

電話が切れた。

倉島はすぐに、上田係長に報告した。

「作業の認可が下りました。ただちに開始します」

「わかった」

上田係長は、それだけ言った。

しばらくは、警視庁本部に登庁しなくてもいいし、係長に対する報告の義務もなくなる。それを了承したということだ。

それから倉島は、公安総務課の理事官のもとに行った。

「話は聞いてるよ」

理事官が言った。「取りあえず、半月分」

封筒が渡される。中には現金が入っている。たしかめなくても金額はわかった。百万円だ。これは、領収書のいらない金だ。

「ありがとうございます」

「無駄遣いすんなよ」

「もちろんです」

倉島は、封筒をポケットに入れると、理事官のもとを離れ、伊藤の席に近づいた。伊藤は、パソコンのディスプレイを見つめている。

「話がある」

倉島が声をかけても、ディスプレイから眼を離さなかった。

「仕事中です」

「手を貸してほしい」

「他部署の人の言うことは聞くなと……」

「作業になった」

伊藤が手を止めて、倉島のほうを見た。

倉島は続けて言った。

「かねてから調査していたことが、正式に作業になったんだ。公総課長のお墨付きだ。手を貸せ」

伊藤は表情を変えないままこたえた。

「そういうことでしたら、断れません」

「追って連絡する」

「了解しました」

伊藤は何事もなかったように、パソコンに向かった。


席に戻った倉島は、白崎に電話した。

「はい、白崎」

「作業の認可が下りました」

「そいつは、よかった」

「今、どこですか?」

「南青山のカフェで、長い付き合いの新聞記者に会っている」

「捜査本部の件ですか?」

「ああ。ほとぼりを冷まさないと、捜査本部の刑事たちからは話が聞きづらい。裏情報にも通じているブンヤさんもいるからね」

「今後の態勢については、追って連絡します」

「わかった」

次に倉島は、片桐に電話をした。

「はい」

片桐は返事だけして、名乗らなかった。

「ヴォルコフの件だが、手を貸せるか?」

「そう言われるのを待ってると言ったでしょう。作業ですか?」

「そうだ」

「もともと、自分が持ち込んだ件ですからね。もちろんお手伝いします」

「公機捜隊長と話をつけるから、それまでは黙っていてくれ」

「隊長なんて気にすることないですよ」

「そうはいかない。作業となれば、公機捜の仕事をやりながら、というわけにはいかなくなる。専任でやってもらわないと……」

「ああ……。そうですね。わかりました」

「できるだけ早く態勢を組もうと思っている。連絡を待ってくれ」

「了解です」

倉島は電話を切った。

さて、ようやく昼食にありつけそうだな。倉島は、大食堂ではなく、十七階の術科道場前のカフェテリアに行くことにした。


食事を終えたのが午後三時十分だ。

席に戻ると、倉島は公安機動捜査隊の本部に電話して、隊長に面会を申し込んだ。

「いつがご希望ですか？」

「できれば、すぐにでも……」

「十六時でいかがですか？」

「けっこうです。その時間にうかがいます」

倉島は外出の準備を始めた。

上田係長のもとに行き、告げた。

「これから、公機捜の本部に行ってきます。そのまま戻らないかもしれません」

「作業なんだから、俺に対して報告の義務はないよ」

「はあ、でも……」

「公機捜本部に用があるんだろう。早く行け」

「はい」

「罰ゲームは終わりだ」

そう言うと、上田係長は机上のパソコンに眼をやった。

倉島は、礼をしてその場を去った。

「何の用だ？」

輪島芳則公機捜隊長は、明らかに倉島のことを気に入っていない様子だ。かつて、無理を言って片桐とその相棒、そして公機捜車を一台借りたことがある。

それ以来、嫌われているようだ。だが、そんなことは、まったく気にする必要はないと、倉島は思っていた。

「お願いがあって参りました」

「君はいつも、頼み事ばかりだな」

「また、片桐を貸していただきたいのです」

「ふん。犬猫じゃないんだ。はいそうですかと、貸すわけにはいかない」

「作業を開始します。彼が必要です」

「外事にいくらでも人材がいるだろう。なんでわざわざ公機捜から引っぱらなきゃならないんだ」

「そのための公機捜じゃないですか」

この一言は、輪島隊長の癇に障ったらしい。彼はますます不機嫌そうになった。

「公機捜には公機捜の仕事があるんだ。話は終わりだ」

「片桐がいないと、作業に支障が出ます。もともと、彼が入手した情報なのです」

輪島隊長は、眉をひそめた。

「片桐が入手した情報？　いったい、何のことだ？」

「ベトナム人が殺害された件です」

「殺人事件なら、刑事の仕事だろう」

「犯人がロシア人である疑いがあります」

「だから、それがどうしたんだ？」

「自分も実は、そう思っていたんですよ」

「そう思っていた？」

「それがどうしたって……。でも、もしかしたら背後に重大な事柄があるのかもしれないと考えるようになりました」

「重大な事柄って、何だ？」

知っていたとしても、この人には話したくない。

倉島はそう思った。自分に対して反感を持っているからではない。輪島公機捜隊長は、公安マンとしてのセンスがまるでないのだ。

こういう人物に機密事項を告げるのは、危険ですらある。

「それを、これから調べるのです。そのための作業です」

「作業と言えば、何でも通ると思うなよ」

この一言にも、センスのなさ、危機感のなさを感じる。公安マンにとって、作業という言葉は特別なのだ。

「公安部長か、警察庁の警備企画課から話を下ろしてもいいんですが、自分の頼みを聞いてくださったほうが、精神衛生上よろしいのではないかと愚考しまして……」

「公安部長？　警備企画課？」

「作業というのは、そういうもんでしょう」

輪島隊長は、悔しそうに倉島を見ている。何か言い返したいが、言葉が見つからない様子だ。

彼は、権威に弱い。だから、公安部長や警察庁を持ち出したのだ。もちろん、はったりだ。

一捜査員の作業に、部長が口添えをしてくれるとは思えない。だが、輪島隊長に対しては、それなりに効果があったようだ。

やがて、彼は言った。

「ふん。好きにしろ」

「お言葉に甘えます。では、甘えついでに……」

「まだ何かあるのか？」

「公機捜本部内の部屋を一つ、使わせていただけないでしょうか。前線本部にしたいのですが……」

輪島隊長は、開いた口がふさがらない、といった顔をした。

倉島は、さらに言った。

「図々しいのは百も承知です。ですが、これも必要なことなのです。恩に着ますから……」

「断れば、公安部長か警備企画課が何か言ってくるんだな……」

皮肉な口調だ。自棄《やけ》になっているのかもしれない。

倉島は平然とこたえた。

「そういうことも、あるかもしれません」

「くそっ」

輪島隊長が悔しげに言った。「部屋のことなら、ショムタンに言え。俺は知らん」

ショムタンは、庶務を担当する係のことだ。

倉島は、深々と頭を下げた。

「ありがとうございます。再度、申しますが、このご恩は忘れません」

12

隊長室を出ると、片桐の姿を探した。隊員の一人に尋ねると、密行に出ていると言う。

密行というのは、公機捜車に乗って巡回することだ。

倉島は電話をかけた。片桐が出ると言った。

「至急、公機捜本部に戻ってくれ」

「あ、本部ですね。了解しました。すぐに向かいます。十分で戻ります」

それから、同じ隊員に、部屋を借りたいのだがどうしたらいいか尋ねた。

「部屋ですか？」

怪訝そうな顔をしている。倉島は説明した。

「作業の前線本部にしたい。隊長の許可は取ってある」

「了解しました。しかし、ここは分駐所に毛が生えたようなところですから、前線本部にできるような立派な部屋は……」

「物置でも何でもいい」

「あの……。本当の物置なら……」

「案内してくれ」

連れていかれた部屋は、たしかに物置だった。奥にスチールのロッカーが並んでおり、段ボール箱が乱雑に積まれている。

テーブルがあり、その両側にベンチがあった。そこにも段ボール箱などが積まれている。だが、片づければ、何とか使えそうだ。

「ここを使わせてもらっていいか？」

「ええ。ここでよろしければ……」

「隊長には、いろいろと無理なお願いをしているんでね……。贅沢は言えない」

「はあ……」

「ここに警電を引けるか？」

「電話なら、部屋のどこかにありますよ」

倉島は積まれた段ボール箱を眺めた。

「わかった。探してみる」

部屋の出入り口にたたずみ、しばし部屋の中をながめていた。もともとは会議室か何かだろう。ロッカーがあり、細長いテーブルがある。こうした部屋は、警察署でよく見かける。そこに、不要な荷物や消耗品のストックなどが持ち込まれ、いつしか物置のようになったのだろう。

普通の会議室などは、自分たちが使うので、よそ者に貸すわけにはいかないということだろう。まともな部屋を貸さないように、輪島隊長のお達しが出ているんじゃないだろうな……。

ぼうっとしている場合じゃない。倉島はそう思って、電話を取り出した。白崎にかけると、すぐに出た。

「ちょうど連絡しようと思っていたところだ。どこかで話せるか？」

「公機捜の本部に部屋を借りました。そこにいます。じきに、片桐も来るはずです」

「目黒だな。じゃあ、三、四十分で行く」

「了解しました」

電話が切れると、次に伊藤にかけた。

「はい」

「公機捜本部に前線基地を作る。すぐに来られるか？」

「はい。向かいます」

「待っている」

倉島は電話を切った。

それから、ベンチの上の段ボール箱を一つ移動し、腰を下ろした。テーブルの上の荷物をかき分けると、電話機が見つかった。

携帯電話が普及して、固定電話はそれほど必要ではなくなった。とはいえ、警察電話、いわゆる警電があればそれなりに便利だ。

専用回線ですべての警察組織につながっているし、警察無線にもつながっている。

テーブルにスペースを作り、そこに電話を置いた。

「あ、こんなところで何してるんです？」

戸口で声がした。片桐だった。

倉島はこたえた。

「ここを前線基地にする」

「もっとましな部屋がありますよ」

「輪島隊長に無理を言って借りてるんだ。ここで充分だ」

「いや、それにしても……」

「もうじき、白崎さんと伊藤が来る。四人で片づけをすれば何とかなる」

「手が空いている者を呼んできて片づけさせますよ」

「よせ。できるだけ公機捜に迷惑をかけたくない」

「何言ってるんです。同じ公安、いや、同じ警察官じゃないですか」

片桐には、こういうところがある。基本的に善人なのだろう。それは悪いことではない。特に、警察官が善人だというのは大切なことだ。悪徳警察官ほど始末に負えないものはない。

「輪島隊長は、そうは思わないだろうな」

片桐が顔をしかめた。

「ああ……。あの人は器が小さいですからね……」

自分の上司を評価できないのは悲しいものだ。

倉島は言った。

「二人が来る前に、少しでも片づけておこうか」

「わかりました」

「とにかく、テーブルと座るところだけでも確保しよう」

段ボール箱を部屋の奥へと移動していると、伊藤がやってきた。彼は不思議そうな顔をして言った。

「自分は掃除するために呼ばれたんですか？」

片桐が言った。

「いいから、手伝え」

その約十分後に、白崎が到着して言った。

「部屋を借りたって、ここのことか？」

倉島はこたえた。

「ええ。東五反田のヴォルコフの部屋に近いので便利だと思いまして」

「所轄の頃は、場所がなくて、柔道場の隅であぐらかいて捜査会議をやったこともある。ここは、まだましなほうだな」

四人がかりで片づけをすると、なんとか恰好がついた。少なくともテーブルとベンチの上からは荷物がすべて撤去された。

座るところがあれば充分だ。倉島と白崎が並んでベンチに腰かけ、その向かい側に片桐と伊藤が座った。

倉島は白崎に言った。

「何か話があるということでしたね」

「ああ。一課長番の記者の話なんだが、被疑者確保が近いかもしれないということだ」

「つまり、ヴォルコフを逮捕するということですか？」

「逮捕なのか、重要参考人としての事情聴取なのかはわからんが……。俺が接触したことを、田端捜査一課長がかなり気にしていることは確かだな」

「身柄拘束は、いつになりそうですか？」

「それはわからん。証拠もないのに引っ張れないだろう」

片桐が手を挙げた。倉島は言った。

「いちいち挙手しなくていい。自由に発言してくれ」

「参考人の事情聴取なら、証拠とかいらないでしょう」

それに対して、白崎が言った。

「本当に事情聴取するだけならな。だが、ホシだと睨んでいて、あわよくば口を割らせようというときには、確証がなきゃ身柄は取れない」

「なるほど……」

倉島は言った。

「身柄を取ってから、司法取引という手もあると、佐久良公総課長が言ってましたが……」

白崎はかぶりを振った。

「刑事たちが納得しないだろう。なにせ、殺人の被疑者だからな。俺も司法取引なんて、気に入らない」

「刑事だけじゃなくて、検察も納得しないでしょう。俺は、佐久良課長にそう言いました」

片桐が言った。

「じゃあ、どうするんです?」

白崎が顔をしかめて考え込んだ。

「それが悩ましいところだ……。ヴォルコフがチャン・ヴァン・ダットを殺害した犯人かもしれないと聞いたとき、こいつは逃がすわけにはいかないと思った。だが、それは刑事の考え方だよなあ。知ってのとおり、俺は刑事畑が長いんで、ついそんなふうに考えちまう。だが、直接会って取引を持ちかけられたら、そう単純な問題じゃないって気づいたんだ」

倉島は言った。

「刑事も公安もありませんよ。もし、ヴォルコフがチャン・ヴァン・ダットを殺したのなら、罰を受けなければなりません」

片桐が言った。

「じゃあ、捜査本部に身柄を取られてもかまわないんですか?」

白崎が言った。

「でも、それじゃ、ヴォルコフからチャン・ヴァン・ダットの死亡の理由を聞き出すことができなくなる」

片桐が言う。

「捜査本部が、厳しく取り調べるでしょう。吐かせるかもしれませんよ」

倉島はかぶりを振った。

「ヴォルコフがロシアのエージェントか何かだとしたら、絶対にしゃべらないだろう」

「殺人の裏に重要な事情があるというのは、ヴォルコフのはったりなのかもしれませんよ」

倉島は、白崎に尋ねた。

「どう思います?」

「確証はないがね。はったりじゃないと思う。やつは何か事情を握っている。そういう印象を受けた」

片桐は何も言わずにうなずいた。おそらく、白崎の印象というのを重く受け止めたのだろう。

倉島も、それは信頼できると思った。

白崎が言った。

「ヴォルコフが、秘密をしゃべる条件は、ロシアへの逃亡だ。だが、殺人犯をみすみす逃亡させるわけにはいかない」

ジレンマだと、倉島は思った。

ずっと黙っている伊藤を見て、倉島は言った。

「おまえはどう思う?」

「ヴォルコフが握っている秘密というのを、明らかにすればいいだけのことですよね」

「え……?」

「そうすれば、ヴォルコフをロシアへ逃亡させる必要がなくなります。取引なんて成立しなくなるんです」

倉島は、白崎を見た。

「たしかに、伊藤の言うとおりですね」

白崎が思案顔でこたえる。

「それが今回の作業の目的ってことだな……。だが、簡単なことじゃない。雲をつかむような話だ」

倉島は言った。

「手がかりをつかんでいる連中がいるかもしれません」

「どこの連中だ?」

「外事二課です。なんとか協力態勢が組めるように申し入れてみます」

白崎がうなずいて言った。

「じゃあ、俺は引き続き、捜査本部の動きを探ろう。被害者についても、調べてみる」

「お願いします」

すると、片桐が言った。

「自分らは、何をすればいいですか?」

「ヴォルコフについて洗い直してくれ。交友関係や仕事の関係者……。どんなことでもいい」

「了解しました」

伊藤は何も言わないが、彼のことだから、任せておけばだいじょうぶだと、倉島は思った。

白崎が言った。

「じゃあ、俺は出かける。上がりの時間を決めるか?」

倉島はこたえた。

「今、十七時三十分ですね。今夜また集合ということになると、調査が中途半端になりそうです」

「まあ、そうだな。俺も夜回りに出ている記者なんかを捕まえるとしたら、けっこう遅くなるだろうし……」

「では、集合は明日の朝にしましょう。九時でどうです?」

「いいだろう」

白崎が出ていくと、続いて片桐と伊藤も出ていった。

倉島は、外事二課の盛本に電話した。

「何か用か？」

「ヴォルコフについて、作業を開始しました」

短い沈黙があった。

「姿を消していた外事一課の捜査員はどうなった？」

「ヴォルコフと接触しました。これ以上は電話ではちょっと……」

「もう一度訊くが、俺に何の用だ？」

「協力態勢を組みたいと思いまして……」

「もっと情報を寄こせということだな。俺が話せることは、昨日すべて話した」

「こちらから提供できる情報が増えたんです。どうでしょう」

また沈黙があった。前よりも長かった。

「詳しく話を聞く必要があるようだな」

「これから会えませんか？」

「今どこだ？」

「公機捜本部にいます」

「じゃあ、そこを訪ねる」

「場所を指定してくれれば、こちらからうかがいます」

「三十分で行く」

電話が切れた。

どこか外にいて、居場所を知られたくないのだろう。待ち合わせをして、そこに移動したとしても、どのあたりにいたのか、見当がつく。

盛本はそれを警戒したのだ。

同じ部署の人間にも気を許さない。それが公安マンだ。

盛本は、その言葉どおり、三十分後に現れた。出入り口に立ち、彼は言った。

「何だ、この部屋は……」

「前線本部ですよ」

「ひどいな……」

「公機捜隊長に嫌われてましてね。部屋を借りられただけありがたいです」

盛本は、倉島の向かい側のベンチに腰を下ろした。テーブル越しに倉島を見据えて、彼は言った。

「話を聞こうか。姿を消していた捜査員の名前は、たしか白崎だったな」

「そうです。白崎さんが、ヴォルコフについて調べようとしていると、向こうから接触してきたんだそうです」

「ヴォルコフのほうから……？」

「おそらく、刑事たちの監視に気づいていて、その理由を知りたかったのでしょう。白崎さんが公安だと名乗ると、彼は取引を申し入れてきました」

「どんな取引だ？」

「ロシアに逃がしてくれたら、チャン・ヴァン・ダットが死亡した理由を話すと……」

盛本の表情が変わった。倉島を見る眼にいっそう力がこもった。

「それで、白崎はどうこたえたんだ？」

「そんなことを言われてもどうしようもない。そう言葉を濁したそうです」

「それで、ヴォルコフは……？」

「白崎さんを解放したそうですが、おそらく返事を待っているんでしょう」

「取引しろ」

「それじゃ、刑事たちが黙っていませんよ」

「どちらを優先するか、だ。重要な情報か、被疑者逮捕か……。公安マンなら、結論は明らかだろう」

「日本国内で殺人を犯した者の逃亡に手を貸すわけにはいきません」

「国家の安全保障に関わる情報に比べれば、どうということはない」

盛本は、きわめて優秀な公安マンだ。自分の役割をよく心得ている。公安で外事を扱う部署は、司法機関というより情報機関の性格が強い。

とはいえ、警察官なのだ。犯罪を見過ごしにはできない。

「犯罪も国家の安全保障に関わる問題でしょう」

「刑事に任せておけばいい」

「任せるのはいいですが、捜査の妨害をすれば、ただでは済みませんよ」

「妨害したことが、ばれなければいいんだ。それにな、別にヴォルコフを放免にしろと言っているわけじゃない」

「では、どうしろと……」

「向こうの条件は、ロシアに逃がせということだろう？　ならば、行かせればいい。その後、国際手配でも何でもすればいい」

「ヴォルコフは、ロシア政府のエージェントかもしれません。ロシアの当局が彼の身柄を日本に引き渡すとは思えません」

「身柄なんてどうでもいい。捜査の体裁は整う。それでいいだろう」

「そうはいきません」

「情報を得る、またとないチャンスだ。これを逃す手はない」

「こちらの作業の方針は、そういうことではありません。チャン・ヴァン・ダットが殺害された理由を明らかにしたいのです。そうすれば、取引をする必要がなくなります」

「本人から聞けばいいだけのことじゃないか」

「ヴォルコフが本当のことを言うと思いますか？」

「話を聞いてから、裏を取ればいい」

「取引をして、諜報員を逃がしたなどということが知れたら、日本は世界から笑い者にされますよ」

この一言は、効果的だったようだ。盛本はじっと倉島を見ながら、何事か考えている様子だった。

倉島はさらに言った。

「盛本さんは、中国担当だとおっしゃいましたね。それが、どうしてベトナム人の殺人事件に関わっているのですか？」

盛本は何も言わない。

倉島は言葉を続けた。

「その理由についても、ヴォルコフが知っているということでしょうか？」

「今日のところは、話はここまでだ」

盛本はそう言うと立ち上がった。

「協力態勢を組みたいのですが、交渉は決裂ということですか」

「今日のところは、と言っている。少し考えさせてくれ」

「捜査本部が、ヴォルコフの身柄を押さえるかもしれません。時間がないんです」

「俺には考える時間が必要だ」

盛本は部屋を出ていった。

盛本が部屋を出ていくと、倉島はしばらく座ったままであれこれ考えていた。

盛本たちは、たしかに何かをつかんでいる。あるいは、探るべき事柄に心当たりがあるのだ。

倉島たちには、まだ何もわからない。ヴォルコフが何者なのかも、正確には把握できていないのだ。

ロシアの何らかの政府機関のエージェントであることは間違いない。だが、どこの機関のどういう立場の人間かつかみ切れてはいないのだ。

これでは、何もわからないのと同じだ。だから、何が何でも外事二課の盛本と手を組む必要がある。

ぐずぐずしてはいられない。捜査本部の刑事たちが、いつヴォルコフの身柄を押さえるかわからないのだ。逮捕しない限り、身柄を拘束することはできない。だから、彼らは逮捕を急いでいるのだ。

盛本と手を組むためには、彼らにとってのメリットが必要だ。一方的にこちらだけが情報をもらうわけにはいかない。今はまだ、彼らが飛びつくほどの情報は手に入っていない。

万事休すだ。何か突破口がなければ、物事は動き出さない。その突破口が見つからない。

午後七時を回ったが、誰からも連絡がない。警察官は二人一組が原則だが、公安だけは単独行動が多い。連絡も取らずに、動き回るのだ。

倉島たちが求められるのは結果だけだ。

さらに、しばらく待ったが、やはり誰からも連絡はない。

倉島は、ロシア大使館のコソラポフに電話した。

「何だ?」

コソラポフは電話に出るなり言った。

「訊きたいことがある」

「いつも一方的で、身勝手だな」

「そうかな。……だとしたら、申し訳ない」

「口だけだろう。本気でそう思っているはずがない」

「会えないか?」

「どこで? いつものバーか?」

「車で会いにいく。場所を指定してくれ」

「東京ミッドタウンの前だ」

「時間は?」

「もう仕事は終わるから、何時でもいいよ」

「では、三十分後に」

「わかった」

電話を切ると、倉島はすぐに外出の準備を始めた。そして、午後七時半頃、目黒の公機捜本部から車を出した。

約束の場所に、早めに到着して、周囲の様子を探った。怪しい動きはない。ミッドタウンのビルの手前の、広いスペースに、コソラポフの姿があった。

倉島は、電話をかけた。

「目の前に駐車しているシルバーグレーの車だ」

「わかった」

コソラポフが近づいてきて、助手席の窓をノックした。倉島が手招きすると、彼は助手席に乗り込んできた。

彼がドアを閉め、シートベルトをすると、倉島は車を出した。誰がどこで監視しているかわからない。駐めた車の中で日本人とロシア人が話をしていると、それだけでいろいろと勘ぐる連中がいる。

移動中の車で話をするほうが安全だ。

コソラポフが言った。

「どこかで食事でもおごってくれるのかと思った」

倉島はこたえた。

「あんたのこたえ次第で、その気になるかもしれない」

「何が訊きたいんだ?」

「ヴォルコフだ」

「誰だって?」

「マキシム・ペトロヴィッチ・ヴォルコフ」

「誰だ、それは……」

「あんたが知らないはずはないと思ったんだがな……」

「私が、東京にいるロシア人すべてを知っていると思ったら、大間違いだ」

「いや、知っているはずだ。だが、知らない振りをしている。なぜだろうな」

「とんだ言いがかりだ」

「ヴォルコフは、ただの民間人じゃない。ロシア政府のために働いている。そんな人物を、あんたが知らないわけがないんだ。カリーニンのことを尋ねたら、ぺらぺらとしゃべってくれたあんたが、ヴォルコフのことになると口を閉ざすのはなぜだ?」

「そんなやつは知らないからさ」

「外相一行が来日したとき、ヴォルコフが随行員の誰かに会いにいった。もしかして、カリーニンだったんじゃないかと、俺は考えている。だとしたら、ヴォルコフもカリーニンと同じFSOに所属しているのか……」

コソラポフは、サイドウインドウから外の景色を眺めている。車は六本木交差点を過ぎ、飯倉片町の交差点に差しかかるところだった。

彼が無言なので、倉島はさらに言った。

「あんたは、いつもはかなりヤバいことまで話してくれる。それ相当の見返りが期待できることを知っているからだ。今回も話せばいいじゃないか」

コソラポフは、向こう側の窓の外を見ながら言った。

「言えないことだってある」

「なぜ言えない?」

「あんたは、日本の外務大臣の周辺にいる人々の情報を、他国の諜報員に話せるか?」

倉島は一瞬、言葉を呑んだ。

「まさか……。ヴォルコフが会いにいったのは、カリーニンなんかじゃなくて、ザハロフ外相だったのか……」

コソラポフが言った。

「もうじき、ロシア大使館前だ。そこで下ろしてくれ」

「仕事は終わったんじゃないのか?」

「やり残した仕事を思い出した」

倉島は車を停めた。外苑東通りを渡ればロシア大使館だ。

コソラポフが車を下りようとする。倉島は言った。

「待て。ヴォルコフがもうじき、警察に身柄を拘束されるかもしれない」

コソラポフは何も言わないが、身動きを止めた。倉島の話を聞いている。倉島はさらに言った。

「チャン・ヴァン・ダットというベトナム人を殺害した容疑だ。それについて、あんた、何かを知ってるんじゃないのか?」

「私は何も知らない」

コソラポフが車を下りた。そして、足早に道を横断してロシア大使館に向かった。

その姿を見て、倉島は少し、しゃべりすぎただろうかと思った。コソラポフが大使館に戻ったのは、倉島から得た情報をどうにかするつもりに違いない。

上司に報告するか、部下に調査を指示するか……。あるいは、本国に知らせるのかもしれない。

ヴォルコフが会いにいった相手はザハロフ外相かと尋ねたとき、コソラポフは沈黙を守った。否定しなかったということだ。

そのあたりが、コソラポフの最大限の譲歩なのだろう。

倉島は、車を出して、公機捜本部に向かった。

前線本部に戻ったのは、午後八時半過ぎのことだった。やはり誰もいない。それぞれに、やるべきことをやっているということだ。

倉島はそう思い、帰宅することにした。


翌日、午前九時には全員が顔をそろえていた。

最初に報告を始めたのは白崎だった。

「捜査本部にはまだ、ヴォルコフの身柄を引っぱる踏ん切りがつかないようだ」

倉島が質問した。

「証拠がないということでしょうか」

白崎がうなずいた。

「殺害現場近くにある防犯カメラに映っていたというだけじゃ心許《こころもと》ない。田端捜査一課長は、相当に苛立っているはずだ」

伊藤が言った。

「それだけじゃないですね」

倉島は聞き返した。

「それだけじゃない？　どういうことだ？」

「証拠がとぼしいというだけじゃなく、我々公安が動いていることが影響しているはずです。へたに手を出すと面倒なことになると考え、慎重になっているのです」

それに対して、片桐が言った。

「どうでしょう……。俺たちが動いているのだから、よけいに早く身柄を押さえようとするんじゃないんでしょうか」

伊藤がそれにこたえる。

「意地になる刑事もいるだろうが、田端課長はばかじゃない」

こんな言い方は、伊藤にしかできない。倉島はそう感じた。

倉島は白崎に言った。

「引き続き、捜査本部の動きに注意してください」

「わかった」

「これはまだ、未確認情報なんですが……」

そう前置きして、倉島は話しだした。「ロシアの外相来日の際に、ヴォルコフが随行員らの滞在しているホテルを訪ねましたね。俺はてっきり、随行員の誰かに会いにいったものと思っていたのですが……」

白崎が言った。

「俺もそう思っていた。違うのか？」

「やつが会いにいった相手は、ザハロフ外相だったのかもしれません」

白崎が驚いた顔になる。

片桐が「えっ」と声を上げた。

「ザハロフ外相ですって……？　ヴォルコフはそんな大物なんですか？」

倉島は言った。

「確かな話じゃないんだ。だが、その可能性はないわけじゃないと、俺は思っている」

「もし、そんな重要人物だとしたら……」

白崎が言う。「ただでは済まない気がする……」

倉島は尋ねた。

「ただでは済まないというのは……？」

「日本の警察が身柄を拘束しようとしたときのことだよ。ロシアの政府機関が黙っていると思うか？」

白崎が言う「ロシアの政府機関」とは、具体的にはＳＶＲ（対外情報庁）やＦＳＯ（連邦警護庁）のことだろう。

倉島は、昨夜、コソラポフがロシア大使館に戻ったことを気にしていた。

「たしかに、ロシア政府としては、ヴォルコフが日本の当局に拘束されることは、極力避けたいでしょうね」

「実力行使に出ると思うか？」

白崎にそう尋ねられて、倉島は迷わずうなずいた。

「ロシアならやるでしょう」

白崎は険しい表情になった。

「もしそうなったら、刑事たちでは対処できないだろう……」

元刑事の白崎の言葉だからこそ重みがあると、倉島は思った。おそらく、ヴォルコフと直接話をしたことが影響しているのだろう。

伊藤が言った。

「実は、捜査本部がヴォルコフの身柄を押さえることは、別に問題ではないと思っていたのですが……」

白崎が伊藤に尋ねた。

「なぜだ？　たぶんそうなったら、俺たちは接触できなくなるぞ」

伊藤がこたえた。

「ヴォルコフの取引に応じる必要がないのと、同じ理由です。今回の作業の目的は、チャン・ヴァン・ダットが殺害された理由を独自に調査することでしょう？」

「そうだな……」

倉島は考えながら言った。「つまり、ヴォルコフから話を聞く必要がないのだから、接触する必要もなくなる……」

「しかしね……」

白崎が言った。「やはり、本人しか知らない事実があるはずだから、まったく接触できないというのは問題だと思う」

それに対して、伊藤が言った。

「殺害の詳細について調べるのは、刑事の仕事でしょう。我々は、事情がわかればいいんです」

伊藤に分があると、倉島は思った。

「じゃあ、おまえは、俺たちが捜査本部の動きを気にしていることを、ずっと疑問に思っていたということか？」

倉島が尋ねると、伊藤は迷う様子もなく「はい」とこたえた。

「……しかし、今の話で納得しました。捜査本部がヴォルコフの身柄を拘束しようとすると、ロシア側が実力行使に出るかもしれない……。その事態は避けねばなりません」

伊藤がいると、問題がきれいに整理されていく気がする。

「つまり……」

倉島が言った。「白崎さんが捜査本部の動きをチェックするのは、必要なことだというわけだな？」

「はい」

倉島はうなずいてから、三人を順に見ながら言った。

「その他に、何か報告することは？」

片桐がこたえた。

「ヴォルコフは、普通に音楽家として活動しているようですね。収入源は、主にスタジオミュージシャンとしての稼ぎです」

白崎が尋ねた。

「スタジオミュージシャンって、何だ？」

「ＣＤとかＣＭなんかで、いろいろな音楽を作るときに、そのつど契約でスタジオに呼ばれて録音をするミュージシャンです」

「他には……？」

「特定の交際相手はいないようです。生活はきわめて質素な感じですね」

「目立たないように、気をつけているんだろう」

「さらに詳しく調べてみます」

倉島はうなずいてから言った。

「伊藤はどうだ？」

「チャン・ヴァン・ダットは、何だか怪しげですね」

「え……」

伊藤の意外な言葉に、倉島は戸惑った。「おまえは、片桐といっしょにヴォルコフについて調べていたんじゃないのか」

「二人で同じことを調べても仕方がありません」

「まあ、それはそうだが……。それで、何が怪しげなんだ？」

「技能実習生だということですが、働いていた実態がなさそうなのです」

「働いていた実態がない……？」

「大田区にある町工場で働いていたということになっているのですが、その実態がないということです」

「その町工場自体は実在するのか？」

「実在します。工場の従業員も、チャン・ヴァン・ダットのことは知っていました」

「なら、ちゃんと働いていたんじゃないのか？」

「働いていることになっているが、実際は来ていなかったという話を、従業員の一人から聞きました」

「それはどういうことなんだ？」

「わかりません。調べてみますか？」

「ああ。それは重要なことかもしれない」

「了解しました」

伊藤のうけこたえが、あまりに淡々としているので、普通のことに思えるが、被害者の就労実態に眼をつけたのは、やはりたいしたものと言わなければならない。

倉島は、白崎に言った。

「捜査本部でも、そのことはつかんでいるでしょうね？」

「そう思うが……」

「刑事たちがそれを、どう判断しているか、探ってみてください」

「わかった」

伊藤がさらに言った。

「チャン・ヴァン・ダットの就労実態がなかったことと、外事二課が動いていることは、関係あるかもしれません」

倉島は尋ねた。

「どういうことだ？」

「わかりません。ですが、基本は金を追うことだと思います」

「金か……」

「はい。チャン・ヴァン・ダットは、働いてもいないのに、どこからか収入を得ていたということになりますので……」

金の動きを追うのは、あらゆる捜査の基本でもある。インテリジェンスについても、例外ではない。

「金で思い出した」

倉島は言った。「作業の活動費が出ている。渡しておこう」

倉島は、きっちり四等分して、二十五万円ずつ三人に渡した。

午前十時半頃、三人は前線本部を出ていった。

一人残った倉島は、盛本と連絡を取ってみようかと思った。携帯電話を取り出したが、思い直した。

盛本は協力態勢を拒否したわけではない。考える時間が必要だと言っただけだ。

ならば、連絡を待ったほうがいい。

そのとき、携帯電話が振動した。白崎からだった。

「どうしました？」

「捜査本部の石田係長から、今しがた連絡があった」

「向こうから連絡が……？」

「これから会ってみようと思うんだが……」

「俺も行きます。麻布署ですね？」

「ああ。一階で落ち合おう」

14

午前十一時を少し過ぎた頃に、麻布署に到着した。白崎が倉島を待っていた。

倉島は言った。

「捜査本部を訪ねるのですか?」

「石田係長は、ここで待っていろと言っている」

「この前みたいに、捜査本部で吊し上げるつもりはないようですね」

「どうだろうな……」

「何の用でしょう?」

「わからんな。だが、どうせいい話じゃないだろう」

それから五分ほどして、石田係長がやってきた。明らかに機嫌が悪そうだ。だが倉島は、石田の機嫌などどうでもよかった。

彼は挨拶もせずに、二人に言った。

「ちょっと出よう」

副署長席の近くにいた記者たちが寄ってきたが、石田はそれを無視すると玄関に向かった。

倉島は白崎と顔を見合わせてから、石田のあとを追った。

署を出ると石田は、右に向かい、やがて六本木通りに出た。すると、ようやく歩調を弛《ゆる》めた。

隣に並んだ白崎が言った。

「呼び出しておいて、散歩かね？」

石田が言った。

「歩きながら話すのが、一番安全だ」

倉島が石田の後ろから言った。

「車で来ていますので、その中で話ができますよ」

「ふん……。最近は、ドライブレコーダーなんかが回っていたりするからな。車の中も安心できん」

車内の撮影などしていないが、そう言っても信用してもらえないだろう。だから、倉島は黙ることにした。

「……で？」

白崎が言った。「何の話だ？」

石田が前を見たまま言った。

「何か知っているのなら、教えろ」

「何の話だ？」

「決まってるだろう。ヴォルコフだ」

「そっちが知っている以上のことは知らないよ」

「公安は、俺たちが知らない情報を握っているんだろう？　だからやつの周囲をうろついているんだ」

「ロシア人が事件に関係しているかもしれないとなれば、俺たちは動かなきゃならんのさ」

白崎には、石田に情報を与える気はないようだ。それが得策かどうか、倉島はしばらく考えていた。やがて彼は、石田に言った。

「ヴォルコフは、ロシア政府機関の関係者だと、我々は考えています」

石田がふり向きもせずに言った。

「外事の考えそうなことだ。誰を見てもスパイだと思うんだろう?」

「そうですね」

倉島がこたえた。「刑事が誰を見ても犯罪者だと疑うのと同じです」

石田が立ち止まり、振り向いた。倉島の軽口が気に入らなかったのだろう。倉島はさらに言った。

「それが仕事ですから」

「所属はどこだ?」

「外事一課ですよ」

「そうじゃない。ヴォルコフの話だ」

「確認は取れていませんが、SVRかFSOではないかと考えています」

「何のことかわからんが……」

「いずれも元KGBですよ」

石田は再び歩き出し、言った。

「ロシアの諜報員がベトナム人を殺したというのか?」

倉島はこたえた。

「彼が殺したという確証はないのでしょう？　だから、自分らから何か聞き出したかったのですね」

石田は、忌々しげに息を吐いた。

「ああ。そのとおりだ。切羽詰まってるんだよ。やつを引っ張れるだけの材料が何としてもほしいんだ」

「やつの身柄を取ろうとすると、ロシアが何らかのアクションを起こす恐れがあります」

石田は、倉島の横に来て顔を見た。

「それはどういうことだ？」

「ヴォルコフにしゃべってほしくない。そう考えたロシアの機関は、身柄拘束を阻止するような動きを見せるかもしれないということです」

石田は、しばらく沈黙した後に言った。

「はったりだろう。俺たちを脅しているつもりか」

「だといいんですがね……」

「殺人犯は許さねえ」

石田が言った。「何が何でも挙げてやる」

「自分らだって、犯罪者を許す気はありません」

「ふん。どうだかな……」

「ヴォルコフは白崎さんに、取引をしたいと言ったんですよ」

「取引？」

「ロシアに逃がしてくれたら、チャン・ヴァン・ダットが死んだ理由を話す、と……」

「何だと……」

石田は再び立ち止まり、倉島と白崎を交互に睨みつけた。「捜査本部では、そんなことを一言も言わなかったよな」

「言う必要がないと思ったんですよ。なにせ、我々は取引する気なんてありませんから……」

石田が歩き出す。

「公安の言うことは信じられん」

白崎が言った。

「じゃあ、何で俺を呼び出したんだ？」

「少しは役に立ってもらおうと思ってな」

「だったら、言うことを信じてもらわないと……」

倉島は言った。

「取引する気がないというのは、本当のことです。そのために、我々はヴォルコフが握っている情報を探ろうとしているんです」

「ヴォルコフが握っている情報？」

「チャン・ヴァン・ダットが殺害された理由です」

石田が言った。

「とっ捕まえて、吐かせればいい」

「自供するとは思えません。ロシアに帰るための切り札ですからね。そして、ヴォルコフが警察に身柄拘束されないように、ロシアの機関が動くかもしれないんです」

石田が再び倉島を睨んだ。

「そんなふざけた話があるか。やつは殺人の被疑者だぞ」

白崎が言った。

「まだ参考人だろう。被疑者と断定できないから、俺たちから話を聞こうと思ったんじゃないのか？」

石田は悔しげに言った。

「とにかくやつを挙げたいんだよ。邪魔はさせない」

倉島は言った。

「それは、ロシアの連中に言ってください。別に自分らが邪魔をしようとしているわけじゃありません」

「何とかしろ」

「は……？」

「おまえら、ロシア担当だろう。だったら、やつらに捜査の邪魔をさせるな」

白崎が言う。

「おい、そりゃ無茶な話だ」

「何が無茶だ。それが協力ってもんだろう。ロシアの横槍でまともに捜査できない、なんてことになったら、日本の警察の権威は地に落ちるぞ」

「だから、それはロシアに言ってくれと言ってるだろう」

「おまえらが言え」

白崎があきれたような顔で言う。

「ロシア担当だって、できることとできないことがあるんだ。へたに接触して文句を言えば、こちらの手の内を明かすことにもなりかねない」

「それを、何とかしろと言ってるんだ」

白崎が溜め息をついた。

倉島は言った。

「わかりました。おっしゃるとおり、何とかしましょう」

石田が言う。

「じゃあ、ヴォルコフの身柄を拘束できるんだな」

「それは、そちら次第です」

石田が唸った。

「だから、何か知っていることがあるんなら、話せと言ったんだ」

「知っていることは話しました。今度は、こちらから質問させてください」

「何だ？」

「チャン・ヴァン・ダットの職業です」

「技能実習生として来日して、町工場で働いていた」

「その実態がないということですが……」

「何だと……」

「それについて、捜査本部がどう考えているのか、お聞かせいただきたいのです」

石田はしばらく無言だった。明らかに戸惑っている様子だ。

倉島がさらに言った。

「まさか、就労実態がないということを、知らなかったわけじゃないでしょうね」

「被害者だからな。工場の経営者から技能実習生として受け容れたという話を聞いたので、それ以上は追及しなかった」

「働いてもいないのに、どこから金をもらって生活していたのでしょう。それが、今回の殺人と関係あるかもしれません」

石田は立ち止まった。

「じゃあ、ロシアのほうは頼んだぞ」

そう言うと彼は、踵《きびす》を返して、足早に今来た道を戻っていった。

いつしか三人は、溜池交差点を右折し、虎ノ門に向かっていた。警視庁本部庁舎の近くだ。無意識のうちに、馴染みのある本部庁舎のほうに足が向いたのだろう。

白崎が言った。

「やれやれ……。ネタにありついたとたん、飛んで帰ったな……」

「気持ちはわかりますよ。もしかしたら、チャン・ヴァン・ダットの就労実態の件は、重要なことかもしれません」

「こっちはその重要なネタを与え、なおかつ、ロシアの横槍を防がなけりゃならなくなっちまった……。損な取引だったな」

「捜査ですからね。損も得もありませんよ」

「ヴォルコフの取引のこととか、彼がロシア政府機関の要員だとか、言っちゃってよかったのか？」

「かまいません。捜査本部がそれを知ったところで、どうすることもできませんから」

「チャン・ヴァン・ダットの就労実態の件は？」

「彼らに投げてやれば、詳しく調べてくれると思ったんです。組織力じゃ、俺たちは捜査本部に遠くおよびません」

「捜査本部を利用しようというのか……」

「使えるものは使わないと」

「さすがだよ、あんた」

「さて」

倉島は言った。「昼時ですね。馴染みのこのあたりで昼食にしましょうか」


食事を終えると倉島は、白崎といっしょに麻布署に戻った。白崎は記者や話を聞けそうな捜査員を捕まえるつもりだ。

倉島は、麻布署に置いてあった車に乗り、公機捜本部の前線基地に戻った。そこで皆の帰りを待つことにした。

最初に戻ってきたのは、白崎だった。午後五時頃のことだ。めぼしい情報が得られず、引き上げて来たのだ。

次に片桐が戻った。ヴォルコフは、驚くほど手がかりが少ないと、片桐は言った。人付き合いがほとんどなく、仕事以外のときはたいてい自宅に籠もっていた。

練習スタジオを借りてバイオリンの練習をすることもあるようだが、そういうときも人には会わないということだ。

よほど用心して暮らしているに違いない。知り合いが増えれば、それだけ機密が漏洩する危険が増える。あるいは、もともと人付き合いが苦手なのかもしれない。

午後六時を過ぎて、伊藤が戻ってきた。

引き続き、チャン・ヴァン・ダットのことを調べていた。暮らしぶりは質素だったが、決して困窮している様子ではなかったという。

渋谷区西原のアパートに住んでいた。家賃は十三万円で、滞納はなかった。生活費がどこから出ているかは、まだ見当もつかないという。

今日は、これくらいで引きあげようか。倉島がそう思ったとき、携帯電話が振動した。

外事二課の盛本からだった。

「どうしました？」

「改めて話を聞こう」

「それは、協力してくれるということですか？」

「そう思ってくれていい」

「何だかもったいぶった言い方ですね」

「今どこにいる？」

「前線本部です」

「公機捜本部だな。これからそこに向かう。二十分で行く」

「ここには他の者もいますが、いいですか？」

「他の者というのは、作業に関わっている者たちか？」

「そうです」

「ならばかまわない」

電話が切れた。

倉島は、三人に言った。

「外事二課の盛本さんがここに来ます。協力態勢について話をするためだと思います」

白崎が言った。

「ぜひとも話が聞きたいものだな」

「よろしければ、同席してください」

片桐が尋ねた。

「我々もですか？」

「ああ。そうしてくれ」

すると、伊藤が言った。

「自分は席を外します」

倉島は意外に思って尋ねた。

「なぜだ？」

「自分がこの作業に参加していることを、盛本さんに知られなければ、隠密行動が取りやすいでしょう」

「なるほど……」

倉島はうなずいた。「隠し球というわけか」

「協力態勢を組むからといって、手の内をすべてさらすことはありません」

「おまえの言うとおりだ」

「では、失礼します」

伊藤が部屋を出ていった。

「なんとまあ……」

白崎が言う。「用心深いやつだな」

倉島はそれにこたえた。

「実に公安らしいやつですよ」


本人の言葉どおり、電話の二十分後に、盛本がやってきた。

空いていた席に腰を下ろすと、盛本が言った。

「チャン・ヴァン・ダットを殺したのは、ヴォルコフで間違いないのか?」

倉島は言った。

「それはまだ明らかではないし、殺人について調べるのは、我々の仕事ではありません」

「チャンが殺された理由を探ると言っていたな」

「はい。それが作業の目的です」

「この人数では、とてもではないが足りない」

「足りない……？　どのくらいの人数が必要だとお考えですか？」

「少なくとも、この十倍」

殺害の動機や背後関係を調べるだけなら、この人数でなんとかやれると思いますが……」

倉島は思わず白崎と顔を見合わせていた。

「それでは済まないだろう」

「それでは済まない……？」

「ヴォルコフが何者か知っているんだろう？」

「ロシアの政府機関の人間だと思っています。おそらく、ＳＶＲかＦＳＯではないかと……」

「ならば、たったこれだけの人数では、とても太刀打ちできないことがわかるはずだ」

「待ってください。ロシアの機関と戦うとでも言うのですか？」

「戦う相手は、ロシアではない」

倉島はまた、白崎と顔を見合わせた。

白崎が言った。

「ロシアでなければ、どこと戦うというんだ？」

盛本はこたえずに、何事か考えている。

倉島は言った。

「あなたが中国担当だということと関係がありそうですね」

「もちろん関係がある」

「詳しく説明してください」

「説明できるほどわかっていないんだ。だから、君たちと組むことにした」

白崎が言う。

「そもそも、ベトナム人とロシア人の事案を、どうして中国担当が調べているんだ？　そこから話をしてもらいたいな」

盛本は白崎を見てこたえた。

「チャンが、中国人と接触していたことがわかっているからです。それも、かなり頻繁に……」

白崎が眉を寄せた。

「ベトナム人と中国人が友達になることだってあるだろう」

「もし、ベトナム人がロシア人と頻繁に会っていることを知ったら、あなたたちはどうしますか？」

白崎は考えながらこたえた。

「しばらくマークするだろうね」

「そして、そのベトナム人が殺害されたとしたら……？」

「いちおう、二人の関係が事件に関連しているかどうか疑ってみるだろうな」

「だから、自分らは調べていたのです」

「なるほどね……」

倉島は言った。

「そもそも、なぜチャン・ヴァン・ダットが中国人と頻繁に接触していたことがわかったのですか?」

盛本がこたえた。

「その中国人が、我々の監視対象者だったからだ」

「中国政府の関係者ですか?」

「国家安全部に所属している」

なるほど、と倉島は思った。

中華人民共和国国家安全部は諜報機関だ。アメリカのCIAやロシアのSVRに当たる。

中国の政府機関としては公安部が有名だが、そちらは主に国内の治安を担当しており、国家安全部は対外的な活動をする。

「チャン・ヴァン・ダットには就労実態がなく、どうやって生活していたのか謎だったんですが……」

倉島の言葉に対して、盛本が言った。

「ベトナム政府から金をもらっていたのかもしれない」

「ベトナム政府から……?」

「そして、中国からも」

15

盛本の言葉に、倉島は戸惑った。

「ベトナムと中国は対立関係にあるんじゃないですか？　その両者がチャン・ヴァン・ダットに金を出すというのが、ちょっと理解できないんですが……」

盛本は言った。

「そういうこともあり得るという話だ。確認したわけじゃない」

「俺が訊きたいのは、どうして、中国政府がベトナム人に金を払うことがあり得ると考えたのか、ということです」

「諜報機関の要員と頻繁に接触していたんだ。考えられないことではない」

「まあ、そうですが……」

「とにかく、そういうことも含めて調べなければならないということだ」

「盛本さんたちがマークしていた中国国家安全部所属の人物の名前を教えてください」

「少し待ってもらう」

「どうしてです？　協力態勢について話し合うためにいらしたんじゃないんですか」

「基本的にはそうだが、俺だけでは決められないこともある」

「単独で調査しているわけじゃないということですね？」

「当然だ。一人じゃ無理だ」

「ここに三人います。盛本さんを入れて四人。あと何人の応援が期待できるのですか?」

「こっちの陣営に何人いるかと訊いているんだな?」

「そうです」

「それもまだ言えない。こっちの連中と相談する必要がある」

白崎が、あきれたような口調で言った。

「お互いに、切羽詰まってるんじゃないのかい」

盛本が白崎を見て言った。

「切羽詰まっています。しかし、中国絡みはひじょうにデリケートなので、こちらとしても気をつかわなければならないのです」

白崎は、肩をすくめた。

「わざわざここまでやってきたのは、こっちの様子をうかがうためなのか? そもそも手を組む気なんかなくて、俺たちの情報を吸い上げにきただけなんじゃないのか?」

「そんなことはありません。慎重にやりたいだけです」

倉島は言った。

「慎重にやりたいのは、こっちも同じなのですが……」

盛本が言った。

「手を組む気はある。ただ、俺の一存では決められないことがあるだけのことだ」

「わかりました。その言葉を信じることにします」

「さっき言ったことは、誇張ではない」

「さっき言ったこと？」

「人数が足りないという話だ。十倍は大げさだとしても、これでは戦えない」

倉島は、しばし考えてからこたえた。

「わかりました。何とかしましょう」

「何か目算はあるのか？」

「ここがどこだか忘れたんですか？」

盛本が一瞬、怪訝そうな顔をしてから言った。

「そうか。公機捜か……」

倉島はうなずいた。

「使わない手はないでしょう。そのための執行隊です」

「その手配はまかせる」

そう言うと盛本は、部屋を出ていった。

部屋に残った三人は、しばらく黙っていた。最初に口を開いたのは、白崎だった。

「無愛想なやつだな」

倉島は言った。

「でも、頼りになる公安マンです」

「手を組むつもりなら、さっさと仲間を連れてきて、情報を共有し合わないと……。ぐずぐずしていると、ロシアが動きはじめるんだろう？」

「盛本さんも、そのへんのことはわかっていると思います」

白崎が片桐に確認するような口調で言った。

「公機捜は使えるんだろうな?」

「さきほど、倉島さんもおっしゃってましたが、そのための執行隊ですから……。ただ……」

「ただ、何だ……?」

片桐が倉島の顔を見た。

彼の代わりに倉島がこたえた。

「公機捜の輪島隊長が、なかなか難しい人で、しかも、俺は嫌われています」

白崎があきれたように言う。

「なんだい、それは……。じゃあ、期待できないってことかい?」

「いえ、盛本さんに言ったように、何とかします」

「俺が話しに行こうか? こういうことは、けっこう年齢が物を言うぞ」

「いえ、俺の役目ですから」

さらに白崎が何か言おうとしたとき、戸口に伊藤がいるのに気づいた。相変わらず気配がない。

盛本がいなくなると、すぐに姿を現した。ということは、どこかに潜んでいて様子をうかがっていたのだろう。

彼はどこにいても目立たない。この部屋の外の廊下にいても、誰も気づかないのではないかと思えるほどだ。

もちろん、実際にそんなことはないだろうが……。

倉島は、盛本とのやり取りをかいつまんで伊藤に説明した。

話を聞き終えた伊藤が言った。

「国家安全部ですか。では工作員ですね」

「ベトナム人が、中国の工作員となぜ頻繁に会っていたんだろう」

伊藤が淡々とした口調で言った。

「チャン・ヴァン・ダットもベトナムの工作員なんじゃないですか？　だとしたら、公安省ですね」

ベトナム公安省は、治安を担当する国家機関だ。

倉島は眉をひそめた。

「中国とベトナムの関係は親しいとは言い難い。むしろ敵対していると言ってもいい。それなのに、両国の工作員が頻繁に接触するだろうか」

「敵対していても、諜報員のやることはいくらでもありますよ」

白崎が言う。

「中国とベトナムの諜報員が、わざわざ日本で会うなんてな……」

「日本だからですよ」

伊藤が言った。「スパイ天国と言われていますからね」

伊藤が言うとおりだ。日本にはスパイを直接取り締まる法律がない。だから、各国のスパイはやりたい放題だと言っていい。

倉島は白崎に言った。

「工作員同士が、第三国で接触するというのは、よくある話です」

白崎が首を傾げる。

「それにしても、中国とベトナムの工作員が接触して、いったい何をやっていたんだ？」

「それを探り出さなければなりません」

すると、伊藤が言った。

「考えられることはいくらでもあります」

倉島は伊藤の顔を見た。いつもと変わらず無表情だ。倉島だけでなく、白崎と片桐も彼に注目している。

「例えば、どんなことだ？」

倉島が問うと、伊藤がこたえた。

「ロシアが絡んでいるので、まず武器輸出でしょうか。ベトナムはロシアから戦闘機や潜水艦といった武器を買っています。チャン・ヴァン・ダットがそれに関する情報を売っていたということも考えられるでしょう」

白崎は、思案顔で言った。

「なるほど……。もし、そうだとしたら、盛本が言ったとおり、中国がチャン・ヴァン・ダットに金を支払っていた可能性があるな。そして、ロシア人が殺害する理由にもなる」

倉島は、補足説明した。

「ベトナムの武器システムの多くはロシア製なのです。その情報を中国に洩らしたとしたら、ロシア政府は黙っていないでしょう。ベトナムはソ連時代からロシアと緊密な関係にあります。それを裏切ったことにもなります」

伊藤の言葉が続いた。

「南シナ海では、中国とベトナムが覇権を争って対立していますが、ロシアはベトナムと軍事協力で合意し、南シナ海問題に介入してきました。さらに、ロシアとベトナムは、ベトソフペトロという名の合弁会社を作り、南シナ海での石油の生産をしています」

白崎が言った。

「その利権絡みという可能性もあるか……」

倉島は言った。

「ベトナムが南シナ海でロシアと手を組むのは、中国を封じ込める思惑があるからです」

白崎が言う。

「いずれにしろ、チャン・ヴァン・ダットがロシアの情報を中国に売っていたことは考えられる」

伊藤が言った。

「あるいは、原発問題も考えられますね」

白崎が聞き返す。

「原発問題？」

「二〇一〇年のことです。ベトナムは、ニントゥアン第一原発をロシアに、第二原発を日本に発注しました。それが、二〇一六年に白紙撤回されたのです」

「ああ、そんなことがあったな」

倉島はうなずいた。「二〇一四年だったか、グエン・タン・ズン首相が、突然着工を延期すると発表し、その後、正式に白紙撤回が決まったんだった。しかし、それはずいぶん前のことだ」

白崎が伊藤に尋ねた。

「どうして白紙撤回なんてことになったんだ？」

「財政難、電力需要がそれほどない、首相の交代、現地に住むチャム族の反対など、いろいろと言われています。ですが……」

「ですが？」

「更地になっている建設予定地のそばに住む住民の間では、そこに中国の原発がやってくるという噂が囁かれているのです」

「ただの噂じゃないのか？」

「火のない所に煙は立たない、といいます。突然の白紙撤回も、中国の働きかけの結果かもしれません」

白崎が眉をひそめた。

「よくわからないんだが、どんな働きかけをしたというんだ？」

「中国は、ベトナムとの国境に多くの原発を建設する計画を持っています。それはベトナム人にとっての脅威なので、それを交渉材料にできるかもしれません。一方、ベトナムは隣接する核保有国である中国に対抗するために、国内に原発がほしいのです。つまり、ベトナムの原発政策は、中国への対抗措置でもあるわけです」

「だったら、中国が付け入る隙などないだろう」

「逆ですよ。それはそのままベトナムの弱みですから、中国がそれを利用することは充分に考えられます」

白崎が倉島を見て尋ねた。

「どう思う？」

倉島はしばらく考えてから言った。

「原発発注の白紙撤回は古い話だと思いましたが、中国が進出を目論んでいるとなれば、ちょっと見え方が違ってきますね……」

「伊藤が言うこともあり得るということか？」

「ロシアの原発輸入を白紙撤回しておいて、中国と原発建設の密談をしているとなると、ロシアは腹を立てるでしょうね。見せしめに工作員を殺害するくらいのことはやるでしょう」

「誰に対する見せしめだ？」

「ベトナム政府です。腹を立てているというロシアのメッセージは伝わるでしょう」

「発言していいですか？」

片桐が言った。倉島はこたえた。

「だから、自由に発言していいと言ってるだろう」

「いや……。なんだか、口を挟みづらい雰囲気でしたので……」

「何だ？」

「自分は、原発の話はないような気がします」

「なぜだ？」

「倉島さんもおっしゃったように、古い話のような気がします。武器の輸出や南シナ海の石油採掘の話のほうがリアルに思えます」

倉島は、伊藤に言った。

「……ということだが、どう思う」

伊藤は、感情のない声で言った。

「いずれも可能性としては同等だと思います。リアルに思えるかどうかは、問題ではありません」

片桐が押し黙った。むっとしたのかもしれない。だが、伊藤はそんなことはおかまいなしの態度だ。

白崎が倉島に言った。

「今の話を、盛本にぶつけてみたらどうだ？　何か反応があるかもしれない」

「そうですね……」

この期に及んで、警察官同士で、しかも同じ公安の者たちが腹の探り合いをするのは、なんてばかばかしいのだろう。倉島は、そんなことを思っていた。

しかし、それが公安だ。機密漏洩が国家の危機に直結する。自分たちはそういう仕事をしているという自覚があった。盛本も同様なのだ。

盛本も言っていたが、中国は特にデリケートだ。与党の中にも親中国派がいる。また、外務省のチャイナスクール外交官の中には日中友好を最大の任務と考えている連中がまだいるのだ。

その一方で、中国公安部や国家安全部のエージェントたちが、日本国内で暗躍しており、盛本たちは彼らと見えない戦いを続けている。中国人スパイは、産業界から文芸団体に至るまで、あらゆるところに浸透しているのだ。

倉島は言った。

「こちらが無知なわけではないということを、外事二課の連中にアピールしておくのもいいかもしれません」

伊藤が言った。

「この程度の知識では、彼らにとっては無知の範疇《はんちゅう》に入るかもしれませんが」

白崎が言う。

「それでも、何も言わないよりはましだろう」

それに対して、伊藤は何も言わなかった。同意したということかもしれない。

倉島は、片桐に尋ねた。

「輪島隊長はまだいるだろうか？」

片桐が時計を見てこたえた。

「七時五十分ですね。もう帰ったでしょう。働き方改革に実に熱心な人ですから」

これは明らかに皮肉だろう。

「では、交渉は明日ということになるな」

白崎は言った。

「じゃあ、俺はまたサツ回りの記者でも捕まえに出かけることにするよ」

片桐が言った。

「自分は、引き続きヴォルコフのことを調べてみます」

倉島はうなずいた。

伊藤は何も言わない。だが、任せておけば大丈夫だと、倉島は思った。やはり、伊藤は隠し球だ。

三人が部屋を出ていくと、倉島はコソラポフに電話をしてみた。

いつもならすぐに出るのだが、今回はむなしく呼び出し音が鳴るだけだった。倉島は電話を切り、次に捜査本部の石田係長にかけてみた。

「何だ？」

いつもながら、機嫌が悪そうな声だ。

「ヴォルコフの身柄確保の目処《めど》はつきましたか？」

「おまえ、ばかか。そんなことを教えるはずはないだろう」

「ダットに就労実態がなかったという件について調べましたか？」

「だから、おまえらには何も教えないと言ってるだろう」

「記者と同じで、ダメモトで訊いてみたんです」

「忙しいんだ。切るぞ」

「ダットの就労実態については、こちらからの情報だということを忘れないでください」

石田係長が、一瞬言葉に詰まるのがわかった。

「それがどうした」

「今後も情報がほしいんじゃないかと思いまして……」

しばらく無言だった。考えているのだろう。やがて、石田係長は言った。

「だから何なんだよ」

「そちらからも、何か聞かせてもらわないと……。こういうのって、ギブアンドテイクでしょう？」

「まだ何もわかってないよ」

「詳しく話を聞けませんか？」

「何で俺がおまえに話をしなけりゃならないんだ？」

「だから、ギブアンドテイクですよ」

またしばらく無言の間があった。倉島は何も言わずに待つことにした。

石田係長が言った。

「いつがいいんだ？」

「今からどうですか？」

「捜査員が二十時上がりで、それから会議だ。二十一時過ぎなら動ける」

「わかりました。九時に麻布署の前に車をつけます」

「駐禁でつかまるなよ」

電話が切れた。

それから、倉島は白崎に電話した。

「何だい？」

「九時に石田係長と会うことになりました」

「何だって……？」

「すいません。白崎さんが捜査本部の周辺で、記者に当たったりと、いろいろ苦労されているのは承知していますが……」

「そんなことはいいんだよ。あいつが、よく会う気になったもんだと、驚いていたんだ」

「車で行って、麻布署の前で待つことになっています。白崎さんもいらっしゃいますか？」

「いや、任せるよ。俺は別のやつを当たる。そのほうが効率がいい」

「了解しました」

16

午後九時ちょうどに、麻布署の前に車を停めた。石田係長が言ったことは冗談ではない。気をつけないと、駐車違反の切符を切られるはめになる。

幸い、交通部の誰かが来る前に石田係長がやってきた。倉島は、車から降りて手を振った。

「どこに行くつもりだ？」

「適当に走りますから、車の中で話をしましょう」

「ドライブレコーダーが心配だと言っただろう」

「調べてくださってもいいですよ」

石田係長は、ふんと鼻で笑ってから、後部座席に乗った。倉島と並んで助手席に座る気はないようだ。

倉島は運転席に戻ると、すぐに車を出した。

「ヴォルコフの身柄はまだ取らないんですか？」

「ロシアのスパイか何かなんだろう？　手を出すと面倒なことになると言ったのは、おまえらだ」

「そうですね……」

「やつは何者なんだ？」

「任務で人を殺すこともある。そういう連中です」

「なんでそんなやつらを国内でのさばらせているんだ」

「のさばらせているつもりはありません。我々にも限界があります。日本国内には驚くほど多くの海外の諜報員や工作員がいますが、我々の人数は限られています」

「言い訳をするなよ。おまえらがしっかりしていれば、この殺人は起きなかったんじゃないのか」

「そうかもしれません」

ヴォルコフの存在を知らなかったことは、外事一課ロシア担当の責任と言えるかもしれない。もちろん、日本にいるすべてのロシア人をチェックすることなど不可能だ。だが、それを石田係長に言っても仕方がない。

石田係長が言った。

「チャン・ヴァン・ダットが勤めていた町工場だが、経営者はちゃんと雇っていたと言い張っている」

「出勤状況とか給与の記録などは調べたんですか?」

「書類上はちゃんとしている」

「でも、出勤していなかったようです」

「ああ。そこが不自然なんだ」

「不自然……?」

「普通、そこまでするか? 就学ビザで来日して学校なんて行かずに稼いでいる外国人はたくさんいる。そういう場合、学校が出席を偽装することなんてない。技能実習生として日本に来て、最初の仕事をさっさと辞めて、もっと割のいい仕事に就いたり、犯罪に手を染めるやつらがいる。辞めた後、わざわざ勤務しているような偽装をする会社だってないだろう」

「たしかにそうですね。何かメリットがなければ、そんな面倒なことはしないでしょう」

「メリットがあるか、誰かに弱みを握られているか……」

「これから言うことは、ここだけの話にしていただきたいのですが……」

「なんだよ、もったいぶるな」

「本当に他言は無用にお願いしたいのです」

「ふん。俺がおまえとこうして話をしていること自体が、そうとうにヤバいんだ。心配するなよ。秘密には慣れてる。何だ？」

「この件に関しては、我々外事一課だけじゃなくて、外事二課が動いているんですが……」

「それがどうした。外事二課ってのはアジア担当だろう？　被害者がベトナム人なんだから、そいつらが動いていても不思議はない」

「その連中はベトナムじゃなくて、中国担当なんです」

「何だ、そりゃあ……」

怪訝そうな声だ。ルームミラーで見ると、石田係長はぽかんとした顔をしている。

「詳しくは言えませんが、ダットは中国の政府機関の人間と接触していたらしいのです」

「中国の政府機関？　何という機関だ？」

「勘弁してください。これ以上はしゃべれません」

「知ってることを全部言っちまえよ。俺たちは捜査協力してるんだ。そうだろう？」

「こっち側にも協力態勢がありまして……」

「協力態勢？」

「外事二課の連中と手を組もうとしているんです。俺がこんな話をしたことがばれたら、その話がつぶれてしまいます」

「公安内部の話など知ったことじゃないと言いたいが……」

石田係長が一つ溜め息をついた。「そっちはそっちでちゃんとやってもらわないとな……。ロシアの動きを牽制してもらいたいし、中国がどう絡んでいるのかも知りたい」

「ダットが働いていたことになっている町工場ですが、ベトナム政府から何か言われているのかもしれないし、あるいは、中国が関係しているのかもしれません」

石田係長はしばらく無言だった。いろいろと考えることがあるのだろう。

「ベトナム人の名前だが、あんたはダットと呼んでいるようだな」

「ええ。ベトナムでは一番下の名前を呼ぶのが一般的のようです」

「そうか。フルネームじゃ長ったらしいと思っていたんだ。いいことを聞いた。さて、ぼちぼち降ろしてもらおうか」

「麻布署で降ろしますか？」

「そうしてもらおう」

倉島は、車を六本木に向けた。


翌日の朝八時に前線本部に行くと、すでに白崎がいた。片桐と伊藤はまだ来ていない。

「待っていたんだ」

白崎が言った。「石田とはどんな話をしたんだ？」

倉島は、詳しく説明した。

話を聞き終えた白崎が言った。

「たまげたな。中国のこと、教えちまったのか」

「ええ」

「捜査本部に調べさせるつもりだと言っていたな」

「うまくすれば、中国の関与が明らかになるかもしれません」

「俺は元刑事だから、こういうことは言いたくないが、マスコミに洩れるかもしれないぞ」

「そうなれば、中国の連中の尻にも火がつくかもしれません」

「石田たちは、まだヴォルコフの身柄を取れずにいるんだな？」

「ロシアの動きが気になっているようです」

「まあ、当然だろうな」

「そちらは何か収穫がありましたか？」

「相変わらず、捜査員がヴォルコフに張り付いている。ヴォルコフは、監視を逃れたりせずに、おとなしく日常生活を送っているようだ」

「その後、ヴォルコフから取引についての連絡は？」

「ない。取引の話など、本気じゃなかったのかもしれないな」

「警察の出方を見ているのかもしれません」

「ロシアの動きは？」

倉島はかぶりを振った。

「情報源と連絡が取れないんです。別ルートも探ってみるつもりですが……」

「そうか……」

八時半になると、片桐と伊藤がやってきた。

片桐は昨夜、ヴォルコフの様子を見にいったと言った。

「捜査本部の刑事たちが自宅の近くで張っていました」

倉島は尋ねた。

「周囲に不審な動きは？」

「ありませんね。ヴォルコフも、部屋から動きませんでした」

「何時頃まで様子を見ていたんだ？」

「二時くらいですかね」

二時に現場を離れて、八時半に出勤となると、せいぜい四、五時間ほどしか寝ていないことになる。

警察官はどの部署でもたいてい寝不足だ。片桐も平気な顔をしている。だからといって、このまま無理を続けさせるわけにはいかない。

盛本が言ったほどの人数は無理としても、交代で張り込みができるくらいの人数は確保したい。

やはり、輪島公機捜隊長と話をしてこなければならないようだと、倉島は思った。

「伊藤、おまえのほうはどうだ？」

倉島が尋ねると、伊藤が「何もありません」とこたえた。捜査に進展がないということだろう。

白崎が倉島に尋ねた。

「その後、盛本から連絡は？」

「ありません」

「本当に手を組む気はあるのかな……」

「ある、という前提で行動すべきだと思います」

「あんた、楽観的だな。さすがにゼロ帰りは違う」

「ゼロは関係ないですよ。じゃあ、俺は公機捜隊長のところに行ってきます」

「嫌われているんだろう？　だいじょうぶか？」

「どうということはありません」

片桐が言った。

「アポを取ります」

「いつもはアポなしで会いにいっているが……」

「そういうのを気にする人なんですよ。器が小さいくせに、自分を大物だと思いたいんです」

片桐は警電の受話器を取り、総務を担当している部署に電話をした。隊長にすぐ会いたいと告げ、約束を取り付けた。

受話器を置くと、彼は言った。

「今すぐ会えるそうです」

倉島はうなずいた。

「じゃあ、行ってくる」

輪島公機捜隊長は、うんざりしたような顔で言った。

「また、君か……。何の用だ？」

倉島は、前置きなしに言った。

「中国国家安全部とやり合うことになるかもしれません」

輪島隊長は、ぽかんとした顔になって言った。

「中国国家安全部……？　何だ、それは」

「まさか、公安にいてご存じないとはおっしゃいませんよね？」

「知っている。中国の情報組織だろう。俺が訊きたいのは、その国家安全部とやり合うというのがどういうことなのか、だ」

「ベトナム人殺害に、連中が関与している可能性があります」

「何だって……？　被疑者はロシア人だと聞いているぞ」

「殺害したのは、たぶんロシア人でしょう。しかし、殺害の原因に、中国が関わっているかもしれません」

「たぶん、とか、かもしれません、とか、言葉が曖昧だな」

「捜査が進んでいませんので……。そこで、お願いがあって参りました」

「何だ？」

「公機捜の手をお借りしたいのです」

「人員を貸せということか？」

「はい」

「ばかも休み休み言え。なんで俺たちが君らに手を貸さなければならないんだ。部屋を借りられただけでもありがたいと思え」

「お部屋については、もちろん感謝しております」

「ならば、これ以上は何も要求しないでくれ」

「個人的な用事なら、すいませんでしたと言って引き下がるところです。しかし、公務なのです。なんとか、人手を都合していただけませんか」

「ふん。おまえらに手を貸して、公機捜に何のメリットがある？」

「メリットはありません」

「じゃあ、話にならん。帰ってくれ」

「職務の遂行にメリットなど必要ないでしょう。作業の応援も公機捜の任務だと思料いたしますが……」

「仕事は選ぶんだ。それが俺の権限だ」

「警察官が、仕事を選ぶことなんてできないでしょう。どんなつまらない仕事でも、辛い役割でも、ちゃんとこなさなきゃ……」

「要領の悪いやつらが苦労すればいいんだ」

「作業は、公機捜隊員たちのいい経験になります」

「そんな経験なんかしなくたって、隊員たちはちゃんと訓練を受けているんだ」

「中国の情報機関と渡り合う経験は、訓練なんかとは比べものになりません」

「何と言おうと、隊員は貸さない」

「公機捜隊員は、あなたの私物ではないのです。必要なときには派遣しなければなりません」

「具体的な話をしてくれ。いつ、どこで、どういう任務があるんだ？　中国国家安全部だと言ったな？　そいつらが何をしていて、君らは何をしようとしているんだ？」

「ベトナム人殺害に関与している可能性があります」

輪島隊長は、かぶりを振った。

「ばかばかしい。そんないい加減な話で、大切なうちの隊員を動かすことはできない。どうしても、必要だと言うのなら、確かな話を持ってくるんだ。警察官にとって何より大切な確証だよ」

輪島隊長が言うとおり、警察官にとって確証は大切だ。だが、公安マンには確証より重要なものがあると、倉島は思っている。

国を守るという信念だ。それを輪島に言っても通じないだろう。

倉島は言った。

「わかりました。隊長が納得される話を持って出直します」

「ああ、そうしてくれ」

倉島は礼をして、隊長室を出た。


前線本部に戻ると、白崎だけが残っていた。倉島は尋ねた。

「片桐と伊藤は出かけたんですか？」

「ああ、片桐はヴォルコフに張り付くようだな。捜査本部の連中と鉢合わせしないように気をつけろと言っておいた」

「伊藤は?」

「わからん。何も言っていなかった。片桐といっしょに出ていったが、別行動だろうな」

「そうですか」

「それで、公機捜隊長はどうだったんだ?」

「断られました」

「なんだ……。やっぱり、俺が行ったほうがよかったんじゃないか?」

「そうかもしれませんが、たぶん誰が行っても同じだったと思います。確証を持ってこいと言われました」

白崎が渋い顔をした。

「確証か……。捜査本部もそれが見つからなくて四苦八苦している。俺たちも同じだ」

「なかなか確証が入手できないのが、公安事案の特徴でもあるんです。俺たちが相手にしている各国の工作員は、証拠を残したりはしませんから……」

「だが、何とかしなけりゃならん」

「はい」

「盛本にも返事を急がせなけりゃならない」

「そうですね」

白崎は、大きく息をつくと立ち上がった。

「じゃあ、俺も出かけるよ」

午前十一時を回った頃、片桐から連絡があった。

「なんか、様子が変なんですが……」

「待て。今どこにいるんだ？」

「東京タワーの近くにある、レコーディングスタジオです」

「ヴォルコフがいるのか？」

「ええ。スタジオに入ったところを確認しました。仕事のようですが……」

「何が変なんだ？」

「救急車が来たんです」

倉島は眉をひそめた。

「捜査本部の刑事たちは？」

「路上に駐車した車の中にいます」

「彼らと接触しないように注意しながら、何があったのか確認しろ」

「えーと……。はい、やってみます」

「何かわかったら、すぐに連絡しろ」

「はい」

倉島は電話を切った。

スタジオに救急車……。ヴォルコフが関わっているに違いないと、倉島は思った。

また、ヴォルコフが誰かを殺害したのだろうか……。

再び電話が振動する。片桐からだった。

「刑事たちが動きました。救急搬送されたのは、ヴォルコフのようです」

「確認したのか？」

「自分は、誰が搬送されたのか、視認《しにん》できませんでした。これから、スタジオ関係者に確認してみます」

「そっちはいい。刑事たちは救急車を追ったんだな？」

「はい」

「おまえも、そのあとを追え」

「了解しました」

電話が切れた。

倉島はすぐに白崎に電話をして、片桐からの知らせをそのまま伝えた。

「わかった」

白崎は言った。「そのスタジオに行ってみる。東京タワーの近くだな」

「お願いします」

電話を切ると、すぐに振動した。石田係長からだった。

「てめえ、何やってんだ」

いきなりの怒鳴り声だった。倉島は言った。

「何のことです？」

「ヴォルコフが殺されちまったじゃねえか」

倉島は、唇を嚙《か》んだ。

「殺された？」

倉島は、ただ聞き返すことしかできなかった。石田係長の声が返ってくる。

「そうだよ。どうしてこんなことになったんだ？」

ようやく倉島の頭が回りはじめた。

そうか。片桐からの報告はそういうことだったのか。スタジオに救急車……。

「殺害されたというのは、間違いないんですね？」

「レコーディングスタジオのトイレで、どうして首の骨を折るんだよ。殺害されたとしか思えねえだろう」

「トイレで首の骨を折っていた……？」

「そうだよ。まだ詳しい所見を聞けたわけじゃないが、病院に急行した捜査員によると、そういう話だ」

「こちらでは、事情が把握できていません」

「ロシアの動きを何とかするんじゃなかったのか」

そう言われて、倉島は唇を嚙んでいた。コソラポフが電話に出ない理由は、これだったのか……。

「とにかく、調べてみます」

「参考人が殺されるなんて、こんなふざけた話はない」

「自分も同じ気持ちです」

「なら、しっかり仕事しろよ」

「はい」

「何かわかったら、必ず知らせろ。何か隠し事があったら、捜査一課長も黙ってねえぞ」

「わかっています」

電話が切れた。

倉島は、すぐにコソラポフに電話をした。やはり出ない。電話を切り、連絡をくれるようにとのメールも打った。コソラポフとはいつも、日本語でメールをやり取りしている。

レコーディングスタジオに向かった白崎か、病院に行った片桐からの連絡を待とう。倉島は、そう思った。

まず、詳しい状況を知ることが先決だ。

先に連絡を寄こしたのは、白崎のほうだった。

「救急搬送されたのは、ヴォルコフらしいぞ」

倉島は言った。

「今しがた、石田係長から電話がありました。ヴォルコフは殺害されたようです。トイレで首の骨を折っていたということです」

「なんてこった……」

そう言ったきり、白崎の言葉はなかった。

「初動捜査は始まってますか？」

「所轄の地域課と機捜が来ている。捜査本部の連中は、病院に行ったらしい」

「片桐が病院に向かいました。白崎さんは、できるだけ状況を把握してください」

「わかった。刑事たちがやってくる前に、関係者に話を聞いておこう」

「できれば、刑事たちに仁義を通して、捜査できればいいんですが……」

「そりゃ難問だが、まあ、何とかやってみるよ」

電話を切ると、すぐにかかってきた。外事二課の盛本からだった。

「何やってんだ」

いつも冷静な盛本には珍しく、腹を立てている様子だった。

倉島は聞き返した。

「ヴォルコフが殺された件ですか？」

「ロシアの動きを何とかできなかったのか」

「何か動きがあるとは思っていましたが、まさか殺害するとは……」

「口封じだな」

「おそらく、そういうことだと思いますが……」

「おそらく、じゃない。殺害方法を見れば明らかじゃないか」

「殺害方法……？」

「まさか、ダット殺害の手口を知らないわけじゃないだろうな」

そう言われて、倉島は一瞬戸惑った。

これまで、殺害の動機についてはさんざん考えた。だが、手口については誰からも聞いていなかった。

そういうことは、捜査本部に任せておけばいいという思いがあったのだ。

倉島は正直に言った。

「手口については、知りません」

「ヴォルコフ殺害と同じ手口だよ。頸椎《けいつい》を損傷させている。おそらく、背後から近づき、顎を押さえて急激に首を捻ったんだろう」

「なるほど……。特殊部隊なんかが使いそうな手口ですね」

「ロシア人は、ヴォルコフの口封じと同時に、捜査の攪乱《かくらん》をもくろんだんだ」

盛本の口調が落ち着いてきた。冷静さを取り戻したようだ。

倉島は言った。

「つまり、同じ手口を使うことで、ダット殺害犯が別にいると思わせようとしたと……」

「姑息《こそく》な手段だが、一時的に捜査は混乱するかもしれない。刑事たちは手口を重視するだろうからな」

どうだろうと、倉島は思った。刑事だってあなどれない。いろいろな可能性を考慮して捜査に当たるはずだ。

だが、今ここで盛本に異を唱えても仕方がない。

倉島は言った。

「こうなると、一刻も早く協力態勢を組む必要があると思います」

「まずは、自分たちの仕事をしろ。ロシアから情報を得るんだ。できれば、実行犯を突きとめろ。それができたら、協力する」

「わかりました」

そうこたえるしかない。

電話が切れた。

倉島は、しばらく携帯電話を見つめたまま考え込んでいた。

コソラポフからはまだ、電話もメールも返ってこない。

盛本は、ロシアが捜査の攪乱を狙ったのだと言った。それはあり得る話だと、倉島は思った。

もちろん、手口が同じだから同じ犯人だと決めつけるほど刑事は単純ではないだろう。だが、捜査の選択肢が増えることで、捜査本部の負担が増えることは間違いない。

新たに確認しなければならないことが増え、手間取ることになるだろう。時間稼ぎにはなる。

片桐から電話がかかってきた。

「ヴォルコフは、病院に運ばれたときにはすでに死亡していたようです」

「死因は？」

「頸椎の損傷だということです」

これで、盛本が言ったことの確認が取れた。

「チャン・ヴァン・ダットの死因も同じだったそうだな」

「ええ、そうですね」

片桐は知っていたようだ。もしかしたら、伊藤や白崎も知っていたのかもしれない。殺人の捜査をしているわけではないので、詳しく知る必要はないとはいえ迂闊《うかつ》だったと、倉島は反省していた。

「誰かが、捜査の攪乱を狙って、同じ手口で殺害した、と盛本さんが言っていた」

「それはあり得ることですね。あるいは……」

「あるいは……？」

「本当に同じ犯人なのかもしれません」

「その可能性もないわけではない。だが、そうなると、チャン・ヴァン・ダットを殺害したのは、ヴォルコフではないということになる。だとしたら、ヴォルコフの口を封じる必要もなくなるんじゃないのか？」

「うーん……。そうなんですが……」

片桐はヴォルコフが殺害されたことで、混乱しているのではないかと、倉島は思った。

俺も、間違いなく混乱している。盛本もいつになく興奮している様子だった。石田係長は頭に来ている様子だった。

誰もが冷静さを欠いている。それが敵の狙いだとしたら、かなり成功していると言える。

ここはなんとか、冷静にならなくては……。

倉島は片桐に言った。

「捜査本部の人たちは、まだ病院にいるのか？」

「はい。二人います」

「ヴォルコフの遺体は？」

「まだ病院にありますが……」

「どうした？　何か問題があるのか？」

「ロシア人らしい人たちが駆けつけて、病院の関係者や捜査本部の二人と、何やら揉めているようです」

「大使館の連中だろう。正体はどうせＦＳＢかＳＶＲだ。遺体を持っていきたいのだろう」

「でも、捜査本部も後には引けないでしょう」

「関与せずに、成り行きを見守るんだ」

「了解しました」

電話を切ると、またすぐにかかってきた。上田係長からだ。

「都内の録音スタジオで、ロシア人が死亡したという知らせを聞いたが、ヴォルコフのことか？」

「そうです」

「ヴォルコフには、ベトナム人殺害の容疑がかかっていたんじゃないのか？　それが殺されるってのは、どういうことだ？」

「まだ、何もわからない状態ですが、口封じの可能性が高いと思います」

「口封じ……？　誰が何のために？」

「電話ではちょっと……」

「ああ、そうだな……」

「できるだけ早く報告します」

「作業の途中なんだから、私への報告の義務はないが、できれば事情が知りたい」

「了解しました」

電話が切れた。

係長が言ったとおり、作業については係長に報告の義務はない。公総課長用にメモを作ればいい。

だが、形式上は上田係長が倉島の直属の上司ということになっている。そして、倉島は上田係長との関係を悪化させたくはなかった。

できるだけ早く報告するというのは、まぎれもない本心だった。

倉島はまた、コソラポフに電話をしてみた。かからない。再度メールも打った。

ロシア人の情報源はコソラポフだけではない。だが、いずれも彼より下っ端で小物ばかりだった。

彼らは主に金が目当てだ。だが、コソラポフは違う。情報のやり取りを目的としているのだ。彼は筋金入りの情報マンだ。

そして、コソラポフはそれなりに大物なので、かなりの情報にアクセスできる。だから、倉島は他のロシア人情報源には連絡したくなかった。

どうせ、質の高い情報は得られないし、コソラポフの機嫌を損ねるのは避けたかった。他のロシア人に接触したと知れば、コソラポフはへそを曲げるかもしれない。彼との情報のやり取りは信頼の上に成り立っているのだ。

ヴォルコフの遺体は、ロシア大使館と警視庁のどちらが手に入れるだろう。捜査本部では、司法解剖を行いたいと思っているに違いない。

遺体には多くの証拠が残されているものだ。一方、ヴォルコフを殺害したのがロシア人だとしたら、絶対に遺体を調べられたくないはずだ。

おそらく、遺体はロシアが持っていくだろうと、倉島は予想した。ロシア人はしたたかだ。大使館が強硬に主張すれば、警視庁は抗《あらが》えないだろう。

それが今の日本の交渉力だと、倉島は思った。

かつては骨のある国だったのかもしれない。実際にはどうだったかは知らないが、話を聞くと、腹の据わった政治家や官僚がいたようだ。

いつの間にか日本は、海外に対してとても弱腰の情けない国になってしまった。そう思いたくはないが、公安の外事で海外の諜報機関などを見ていると、どうしてもそんな気がしてくる。

そうした批判は、そのまま自分に跳ね返ってくるのだと、倉島は思い直した。他人事のように非難すべきではない。

自分自身ができる限りのことをする。それしかないのだ。盛本に言われたように、自分の仕事をするしかない。

倉島は、警電の受話器を取り、公機捜のショムタンにかけた。

「輪島公機捜隊長に面会をお願いしたいのですが……」

「お急ぎですか？」

「はい。緊急事態です」

「お待ちください」

電話が保留になった。しばらく待たされた。断られたら乗り込むつもりだった。再び電話がつながると、係員が言った。

「すぐにいらしてください」

「了解しました」

倉島は電話を切り、前線本部を出ると、駆け足で隊長室に向かった。


「何度来ても、私の返事は変わらないぞ」

輪島隊長は、露骨に迷惑そうな顔をした。

倉島は言った。

「ヴォルコフが殺されました」

「何だ、それは……」

輪島隊長は、まったく関心がない様子で言った。

「今、捜査本部、外事二課、そして我々外事一課が対応に追われています」

「それが、私と何の関係があるんだ？」

「ヴォルコフが何者か、ご存じですか？」

「知らんな」

「ベトナム人を殺害したのではないかと思われていたロシア人です。それが殺されたのです」

「だから何だと言うんだ」

「口封じにロシアの諜報機関が動いたと考えている者もおります」

「それが、公機捜と何の関係があるのかと聞いているんだ。我々公機捜の役目は公安事件の初動捜査とテロ対策だ。ロシア人が殺害されたって？　それは我々の仕事じゃない」

「手を貸してほしいとお願いしているのです」

「前回ここに来たとき、君は中国とやり合うことになるかもしれないから人手を貸せと言った。今度はロシアか。そんないい加減な話に乗れると思うか？」

「中国、ロシア、その双方とやり合うはめになるかもしれないのです。今の前線基地の態勢ではとても手が足りません。何とかお願いできないでしょうか」

「片桐を貸し、部屋を貸している。これ以上私に何か要求するのは、あまりにずうずうしいんじゃないのか？」

「申し訳ないと思っています。しかし、他に頼るところがないんです」

「外事でなんとかすればいいんだ。余計な仕事を振られるのは迷惑この上ない。話は以上だ」

「今踏ん張らないと、日本はなめられたままです」

「だから、公機捜には関係ないと言ってるんだ」

この人には、まともな話は通じない。倉島は半ば諦めかけた。だが、ここで引くわけにはいかないと考え直して、自分を鼓舞した。

「なんとか、お願いします。土下座をしろとおっしゃるならします」

輪島公機捜隊長は、ふんと鼻で笑った。

そのとき、ノックする音が聞こえた。

輪島隊長が返事をする。

「何だ？」

ドアが開き、倉島より少し上くらいの年齢の男が入室してきた。

輪島隊長が言った。

「どうした、副隊長」

「お話が洩れ聞こえました。その任務に志願いたしたいと思います」

輪島隊長が目をむいた。

「志願だと？　何を言ってるんだ？」

「公安として緊急度の高い事案と思料いたします」

そこで副隊長と呼ばれた人物は、急にくだけた口調になった。「これ、看過すると、けっこうまずいですよ」

「まずい……？」

「ロシア、中国、ベトナム……。けっこうでかい話のようですから、後で、公機捜は何やってたんだっていう話になりかねません」

輪島隊長が、ふと不安そうな表情になった。

「だからといって、おいそれと人員を貸し出すわけにはいかん」

「貸すんじゃなくて、積極的に参加するんですよ。解決したら大きな手柄になります。一枚嚙んでおかないと……」

「手柄だって？」

「そうですよ。すでにベトナム人とロシア人が殺害されているんです。その事件を解決したとなれば、でかい手柄になるんじゃないですか」

輪島隊長が、いかにも狡猾《こうかつ》そうな顔つきになった。しばらく、無言で何事か考えている。やがて、彼は言った。

「君の責任でやってくれ」

「了解しました」

「ただし、最大で四人までだ。それ以上は動かせない」

「わかりました」

副隊長と倉島は隊長室を出た。

すぐに倉島は礼を言った。

「ありがとうございます。助かります」

副隊長が言った。

「最初に、君が応援の要請に来たときから、それに応えるべきだと思っていたんだ」

倉島は改めて官姓名を名乗った。副隊長はそれにこたえた。

「公機捜副隊長の稲葉孝《いなばたかし》警部だ」

「四人の応援をいただけるということですが……」

「たてまえでは四人だが、いざとなればいくらでも動かす」

倉島はもう一度礼を言った。

稲葉副隊長が言った。

「さて、物置部屋で詳しい話を聞こうか」

二人は、前線本部に向かった。

倉島の説明を聞き終わると、稲葉副隊長が言った。

「取りあえず、俺たち公機捜は何をすればいい？」

「実は、ヴォルコフの行確に手を貸してもらいたかったのですが、彼が亡くなって、現場が混乱しているんです。仕切り直さなければなりません」

「わかった。こっちでも何ができるか考えておく。待機しているから、いつでも声をかけてくれ」

そう言って、稲葉副隊長は前線本部を出ていった。

そうか、事実上公機捜を切り盛りしているのは、あの副隊長なのだなと、倉島は思った。輪島隊長では公機捜がうまく機能しないはずだ。

だめな上司の下にはたいてい、優秀な部下がいて、しっかりと補佐をしている。それが組織の強みでもある。

そのとき倉島は、戸口に伊藤が立っているのに気づいた。

18

伊藤は無言で入室してきて、腰を下ろした。

倉島は言った。

「ヴォルコフの件は聞いたか?」

「はい」

「面倒なことになった」

「そうでしょうか?」

倉島は眉をひそめて聞き返した。

「そうでしょうか……?」

「想定の範囲内だったのではないですか?」

そう言われて、改めて考えた。

「捜査本部がヴォルコフの身柄を押さえるとなれば、ロシアが何らかの行動を起こすと思ってはいたが、まさか殺害するとは……」

いつも無表情の伊藤が、奇妙な顔をした。不思議なものを見るように、倉島の顔を見ていた。

「ロシアがヴォルコフを殺害したのですか?」

「確認は取れていないが、口封じだと思う」

「早急に確かめるべきです。確認せずに、推測だけで発言してはいけないと思います」

「そのとおりだと思うが、二課の盛本さんも同様に考えているようだ」

「今、公機捜の稲葉副隊長が部屋から出ていきましたね。彼にも、同じことを言ったのですか？」

「ああ。現在の状況を伝えなきゃならないんでな……」

「それは、先入観になりますから、すぐに撤回したほうがいいです」

倉島は眉をひそめた。

「殺害したのは、ロシアのやつらじゃないということか？」

「確認が取れていないのでしょう？　つまり、ロシア人かもしれないし、ロシア人じゃないかもしれないんです」

倉島は、自分が極めて危険な状態にいたことに気づいた。伊藤が言ったのは、実に当たり前のことだ。

その当たり前のことにすら、気づかずにいたのだ。

「もし、犯人がロシア人ではないとしたら、何者だと思う？」

伊藤はあっさりと言った。

「中国でしょう」

「中国……」

「ロシアでないとしたら、中国。それしか考えられません。しかし、これも憶測に過ぎません」

「わかっている」

倉島はすぐに、警電で稲葉副隊長を呼び出した。

「はい、稲葉」

「先ほどの話には、不確実な要素が多々あったので、改めておきます」

「すぐに行く」

目上の者を電話で呼びつけるのは気が引けた。だが、今は倉島が作業を率いているのだから、これでいいはずだと自分に言い聞かせた。

気がつくと、伊藤の姿はなかった。隠密行動に徹するのだろう。盛本だけでなく、稲葉副隊長にも自分の存在を知られたくないようだ。

稲葉副隊長が、部下を一人連れてやってきた。

「こいつのことは、覚えているか?」

倉島はうなずいた。

「はい。片桐とペアを組んでいる松島君でしたね。一度、いっしょに仕事をしたことがあります」

松島が、ぺこりと頭を下げた。

「片桐がこっちに吸い上げられたんで、相棒がいなくなっていた。彼を応援部隊に入れようと思う」

「願ってもないことです」

「それで、訂正したいことというのは?」

倉島は、ヴォルコフ殺害犯がロシア人かもしれないというのは未確認情報で、そうでない可能性も大いにあることを告げた。

稲葉副隊長はうなずいた。

「わかった。予断は禁物だからな」

「はい」

「説明を聞いてから考えていたんだが、我々がロシアの情報源から何か聞き出せるのではないか?」

「ロシアの情報源から……」

倉島は戸惑った。すると、稲葉副隊長が言った。

「言いたいことはわかる。情報源は、他人には教えられないのだろう。だが、手分けして調べるメリットは大きい」

情報源や協力者は、すべて警察庁の警備局警備企画課のいわゆるゼロに登録することになっている。コソラポフなど、倉島のロシア人情報源も登録してある。

だからといって、それが他の公安マンと共有されるわけではない。登録された情報源は完璧に秘匿《ひとく》される。そして、公安マンが、自分の情報源を他の同僚に洩らすことはない。

「おっしゃるとおりです。自分の情報源を他人に洩らすと、その情報源を危険にさらすことにもなりかねませんし、信頼関係をなくしてしまいます」

「隊員のいい訓練にもなると思ったんだがな……」

倉島はしばらく考えた。

「重要な協力者についてはお教えできませんが、金目当ての重要度の低い情報源なら、接触してもらってもかまわないかもしれません」

「金目当てか……。となると、金が必要になるな」

「そのための資金があります。それをお渡ししましょう」

「さすが、作業班だな」

「もともと、作業の資金というのは、協力者運営のためのものですから……」

「では、接触可能な情報源を教えてくれ」

倉島は、小物のロシア人の名前と所属を教えた。

一人は、大使館員で、もう一人は、駐日ロシア通商代表部の職員だった。

倉島が直接接触しない限り、コソラポフの機嫌もそれほど悪くはならないだろうと思った。

いくら電話やメールで連絡を取ろうとしても、いっこうに返事をよこさないコソラポフの機嫌など気づかう必要はないのかもしれない。だが、高度な情報を得られる協力者は重要なのだ。

「では、二人ずつ二班に分かれて、この二人に接触を試みる」

倉島は、二十五万円が入っている封筒をそのまま稲葉副隊長に渡した。彼は一瞬驚いた顔をしたが、すぐにうなずいてそれを受け取った。

稲葉と松島が部屋を出ていってしばらくすると、電話が振動した。白崎か片桐だろうと思って着信の表示を見ると、Ｋの文字があった。コソラポフからだ。

「何度も電話をしたんだぞ」

「わかっている」

「ヴォルコフを殺したな？」

「私が殺したわけじゃない」

「あんたが殺したと言っているわけじゃない。ＦＳＢかＳＶＲか……。とにかく、ロシアの機関がやったんだろう」

「ばかなことを言わないでくれ」

「刑事たちがヴォルコフの身柄を取るかもしれないと俺が言ってから、あんたに連絡が取れなくなった。何か特別な動きがあったとしか考えられない」

「電話では話ができない」

「今、目黒の公機捜本部にいる。話がしたいのなら、ここに来ればいい」

「私が警察になど行けるわけがないだろう」

「口封じとは、ふざけたことをしてくれたもんだ」

「電話では話せないと言ってるだろう」

ここで、倉島はトーンダウンすることにした。

「じゃあ、どこでなら話ができるんだ？」

「六本木のミッドタウンの近くに、ロシア料理のレストランがある。そこの個室を押さえておく」

「そっちの縄張りまで来いと言うのか。その個室に盗聴器がないとは限らない」

「好きなだけ調べればいい。とにかく、そこは安全だ」

折れることにした。この機会を逃せば、話を聞き出せないかもしれない。強気な振りをしているが、実は倉島も追い詰められているのだ。

「わかった。時間は？」

「そっちも急いでいるはずだ。今からすぐに来られるか？」

「行ける」

「では、十三時に」

「わかった」

倉島がこたえると、電話が切れた。すぐに、車で出かけた。

六本木ミッドタウン近くの裏通りにあるコインパーキングに車を停め、倉島は約束の店にやってきた。

この店のことはよく知っていた。ロシア人が料理をする地元の味が売り物で、客もロシア人が多い。それで、倉島たちロシア担当者は普段からマークしている。

コソラポフの名前を言うと、すぐに個室に案内された。すでに、コソラポフが来ていた。

「盗聴器を探すか？」

「すぐに見つかるようなところにはセットしていないだろう」

「この部屋はクリーンだ。嘘じゃない」

倉島は、テーブルを挟んで、コソラポフの向かい側に腰を下ろした。コソラポフは注文していないようだ。テーブルの上には何もなかった。

倉島は言った。

「ついでに、食事を取らせてもらう。昼食がまだなんでね」

「ご自由に、どうぞ」

ランチメニューにあった、サリャンカとビーフストロガノフを注文した。サリャンカというのは、少し酸味のあるサラミやソーセージと野菜のスープだ。倉島は、ボルシチよりもサリャンカのほうを好んでいた。

「あなたは誤解しているようだ」

コソラポフが言った。倉島は聞き返した。

「誤解？　何をどういう風に誤解していると言うんだ？」

「ヴォルコフを殺したのが、わが国の司法機関だと考えているのだろう？」

「司法機関というのは何のことだ？　ＦＳＢとかＳＶＲのことを、俺たちは司法機関だなんて思っていない。諜報機関だろう」

「国によって事情が異なる。わが国にはわが国の制度があるんだ」

「反体制のジャーナリストを銃撃したり、野党の政治家を毒殺しようとしたりする制度だな。そして、今回は口封じをしたわけだ」

コソラポフが倉島を見据えて言った。

「挑発しなくても、私はすでに腹を立てている」

「何に腹を立てているというんだ」

コソラポフが何か言おうとしたとき、個室のドアがノックされて、料理が運ばれてきた。店の従業員が出ていくと、倉島はすぐに食事を始めた。味は悪くないが、ゆっくり味わっている心の余裕はなかった。

コソラポフが言った。

「同胞が殺されたんだ。腹を立てて当然だろう」

「同胞が殺されたって？　殺したのも同胞なんじゃないのか？」

食事の手を休めず、倉島は言った。

挑発を続けるしかなかった。こちらがコソラポフを信用していないと思わせるのだ。そうすることで、相手の嘘を封じることができるかもしれない。

「私は、本当に腹を立てている。いや、私だけではなく、同僚は皆激怒している」

「俺たちも皆腹を立てているよ。刑事たちにしてみれば、参考人を殺されたんだ。それも張り込んでいる建物の中で殺された。俺たち公安は、チャン・ヴァン・ダット殺害の理由を探る糸口がなくなったことで落胆したし、日本国内で口封じなどというふざけたことをされたことに腹を立てている」

「口封じなどではない」

「じゃあ、何のためにヴォルコフを殺したんだ？」

「我々は殺していない」

警察官はたいてい早飯だ。倉島も例外ではない。スープとビーフストロガノフを平らげ、食器を脇に寄せた。

「じゃあ、いったい誰が殺したと言うんだ？」

「それを話し合うために来てもらった」

倉島はあきれたような顔をしてみせた。

「話し合うだって？　俺に嘘の情報を吹き込んで、捜査を攪乱しようという計画だろう」

「そんなことは考えていない。情報を交換して、ヴォルコフを殺害した犯人を明らかにしたいのだ」

「チャン・ヴァン・ダット殺害と同じ手口でヴォルコフを殺すことで、捜査の攪乱を狙った。俺を呼び出したのも同じ目的だろう」

コソラポフがふと言葉を呑んで、倉島を見つめた。

倉島は尋ねた。

「何だ？　図星だったので、言葉もないか？」

コソラポフの言葉のトーンが下がった。

「チャン・ヴァン・ダット殺害と同じ手口……？」

「それを知らなかったとでも言うのか？」

「知らなかった。その調子でしゃべってくれると、こちらとしてはたいへんありがたい」

倉島はコソラポフを観察した。長い付き合いだが、いまだに何を考えているかよくわからない。

ロシア人はしばしば表情を閉ざす。長く厳しい冬のせいだろうか。あるいは、はるか昔から現代まで続く圧政のせいかもしれない。おそらくは、その両方だろう。

コソラポフも他の多くのロシア人と同様に、表情を読むのが難しい。だが、嘘をついているかどうかはわかると、倉島は思っていた。

「細かく調べられるとボロが出る恐れがある。だから、遺体を引き取ろうとしたんじゃないのか？」

「同胞の遺体を、大使館が引き取るのはごく当たり前のことだろう」

「殺人の被害者だぞ。なのに、警察の調べが終わらないうちに遺体を持ち去ろうとした」

コソラポフはかぶりを振った。

「我々がやっていることを、何でも悪意に取るのはやめてくれ。大使館は当然の要求をしたまでだ」

「警察が解剖して遺体を詳しく調べるのを阻止しようとしたんだろう」

「自分で何を言っているのかわかっているのか?」

「何だって?」

「あなたの言っていることは、理屈が通っていない。さっき、あなたは、我々が捜査を攪乱するために、ベトナム人を殺害したのと、同じ手口でヴォルコフを殺したのだろうと言った。ならば、遺体を警察に調べさせなければ意味がないだろう」

倉島は、反論しようとして言葉を呑んだ。

たしかに、コソラポフの言うとおりだ。俺はまだ混乱しているのかもしれないと思った。

コソラポフがさらに言った。

「遺体は警察が持っていったよ」

「何だって……?」

「調べれば、すぐにわかることだ」

倉島は再び沈黙した。倉島が口を開くまで、コソラポフも何も言わずにいた。

「ヴォルコフを殺害したのは、ロシアの機関ではない……。そう言い張るんだな?」

倉島の言葉に、コソラポフはうなずいた。

「それが事実だ」

「ヴォルコフのことを知らないと言ったな?」

コソラポフがわずかに顔をしかめた。

「そう言うしかなかった」

「ザハロフ外相に近い人物だからだな?」

コソラポフの顔から一切の表情が消えた。これは、彼が重要なことを話すときの特徴だ。

「ヴォルコフは、ザハロフ外相から直接命令を受けていた」

「所属は?」

「FSOだ」

「連邦警護庁……。つまり、シークレットサービスだな?」

「だが、所属などあまり意味はない。彼の行動は厳しく秘匿されていた。だから、FSBもSVRも、そしてFSOでさえも把握できなかった。私が彼のことを知らないと言ったのは、百パーセント嘘というわけではない」

ヴォルコフが死亡しなかったら、コソラポフは絶対にこの事実を倉島に告げなかっただろう。

「チャン・ヴァン・ダットを殺害したのは、ヴォルコフで間違いないんだな?」

「そうだ」

「そしてそれは、ザハロフ外相から直接命令されたことだったんだな?」

「その問いにこたえるわけにはいかない」

「こたえなくてもいい。否定しなかったというだけで充分だ」

コソラポフは口を閉ざした。

倉島はさらに質問した。

「ベトナム人を殺害したのはなぜだ?」

「知らないと言ったはずだ」

「ばかを言うな」

「本当のことだ。ヴォルコフの行動は厳しく秘匿されていたと言っただろう」

「じゃあ、何のための話し合いだ？」

「だから、情報交換だ。こっちはぎりぎりのところまで話した。今度はそっちの番だ」

「あんたは、ヴォルコフの行動について調べられるということか？」

「私は知りたいと思っている。いや、知る必要がある」

「それについては、俺たちと同じ立場だな……」

「そう。今回、我々は敵ではない。たぶん、共通の敵がいる」

倉島はしばらく考えてから言った。

「外事二課を知っているか？」

「公安のアジア担当だろう？」

「その中の中国担当の連中が、今回の件で動いている」

コソラポフはかすかにうなずいた。

「そういう話を聞きたかったんだ」

彼は立ち上がった。

そして、倉島が制止する間もなく、個室を出ていった。

倉島は、戸口を見つめたまま、「たぶん、共通の敵がいる」というコソラポフの言葉について考えていた。

19

倉島は、駐車場の車の中から、盛本に電話をした。

「何だ?」

「話があります」

「実行犯がわかったのか?」

「そうじゃありません」

「じゃあ、話すことなどない」

「こちらにはあるんです」

「言い訳なら聞かんぞ」

「同じ台詞をお返しします」

一瞬、無言の間があった。

盛本が言った。

「どこで会う?」

「公機捜本部に来てください」

「時間は?」

「三十分後」

「わかった」

電話を切ると倉島は、車を出した。

午後二時二十分頃、公機捜本部に戻り、その十分後に、盛本がやってきた。

挨拶もなしに、盛本がいきなり尋ねた。

「何の用だ?」

倉島は言った。

「ヴォルコフを殺害したのは、中国人ですね?」

「何を言ってるんだ……」

「今しがた、ロシアの協力者と話をしてきました。彼は、我々には共通の敵がいると言いました」

盛本は、まだ出入り口近くで立ったままだった。何事かを考えている様子だ。

彼が無言なので、倉島は言った。

「とにかく、座りませんか?」

盛本は、おもむろに近くの席に腰を下ろした。そして、倉島を見据えて言った。

「そのロシア人は、自分たちが殺害しておいて、俺たちを煙に巻こうというのだろう」

「彼は、ヴォルコフが死んだことに、本気で腹を立てていました。俺たちも困惑したり頭に来たりしましたが、彼らにとってはそれどころじゃないでしょう。同胞を殺されたんですから」

「ヴォルコフが警察に身柄を拘束されそうになったので、口封じをしたのだろう」

「どうやら、そういうことではないようです」

「じゃあ、どういうことなんだ?」

「それについて、盛本さんは何かご存じなんじゃないですか?」

「俺が何を知っていると言うんだ」

「中国の動きです。俺の協力者が言った『共通の敵』というのは、中国のことでしょう」

盛本が眼をそらして、再び何事か考え込んだ。

倉島はさらに言った。

「ロシア人が口封じをしたと言って、俺に抗議の電話をかけてきたのは、もしかしたらブラフだったんじゃないですか?」

「ブラフ……?」

「そうです。犯人はロシア人じゃないことを知っていながら、俺にあんなことを言ったのでしょう」

「なんで、俺がそんなことをしなければならないんだ」

「こっちが真犯人に気づいているかどうか、確かめたかったんでしょう」

盛本は下を向いてかぶりを振った。

「あのときは、本当にロシア人がやったのだと思っていた」

「あのときは……? じゃあ、今はどうなんです?」

盛本はこたえない。

「今は、口封じなどではなかったと考えているんじゃないですか?」

盛本が言った。

「ダットを殺害したのは、ヴォルコフだ。それは間違いない」

「ロシア人からも、そういう証言が取れました」

「そのヴォルコフが殺された。誰が考えても口封じだと思うだろう」

「そうですね。でも、そうじゃなかった……」

「そう言い切れるのか？」

倉島は、迷わずに言った。

「ええ。確かだと思います」

「ロシア人の協力者は、何か証拠を見せてくれたのか？」

「向こうから会いたいと言ってきました。ヴォルコフを殺害したのが何者か、本気で知りたがっている様子でした」

「そんなのは当てにならない。ロシアの諜報員ともなれば、どんな演技だってできるだろう」

「俺とその協力者との付き合いは長いんです。嘘をついていればわかります」

「ふん。ゼロ帰りの眼は確かだということか？」

「そういうことではありません。蓋然性《がいぜん》の問題です」

「蓋然性だと……？」

盛本は苦笑しようとして失敗した。

倉島はさらに攻めた。

「ダットの件に、中国はどういうふうに関わっているのですか？」

盛本は、眼をそらして黙っていた。倉島は続けて言った。

「ダットを殺害したのも、ヴォルコフではなく、中国人なのではないですか？」

盛本は視線を落としたまま、ようやくこたえた。

「いや。中国人ではない。実行犯はヴォルコフで間違いない」

「では、盛本さんはどうしてダットの件を調べていたのです？」

盛本は視線を上げて、倉島を睨むように見た。

「ここで話したことは、外に漏れないだろうな？」

「漏らしたくないのでしたら……」

「絶対に漏れては困る」

倉島はうなずいた。

「わかりました。決して漏らさないようにしましょう」

「協力者の命がかかっているんだ。その約束は絶対に守ってもらう」

「こちらも協力者を抱える身ですから、その辺の事情はよくわかります」

盛本は、しばらく沈黙の間を取ってから話しだした。

「協力者によると、中国政府はダットに金を渡していたらしい」

「やはり、そうでしたか……。技能実習生であるダットに、就労実態がないので、誰かが資金提供をしていると考えていました」

「ダットを受け入れた大田区の町工場にも、中国の資金が流れている」

「なるほど……。技術提供というわけですか……。中国の産業スパイは、大企業から町工場まで、どんなところにも入り込んでいると言われてますね」

「ただそれだけじゃない。この工場が受け入れている外国人の多くが、中国国家安全部に利用されているらしい。つまり、工場は国家安全部工作員の隠れ蓑というわけだ」

倉島は眉をひそめた。

「それがわかっていて、どうして摘発しないんです？」

「何の罪状で、誰を捕まえるんだ？　工場の経営者を逮捕したところで始まらない。第一、日本には、スパイを取り締まる法律がない」

「そんなことはわかっています。でも、放っておくわけにはいかないでしょう」

「日本は不思議な国でね……。相手が中国というだけで、何もかも大目に見ようとする政治家や官僚がいる」

「そんなのは無視すればいいじゃないですか。外事警察の仕事をすればいいんです」

「俺たちは公務員だからな。そうはいかない」

「中国政府はなぜダットに金を渡していたのですか？」

盛本は苦い表情になった。

「俺がそれをしゃべると、協力者に危険が迫る恐れがあるんだ。ダット殺害について俺が動きはじめたのは、その協力者からの情報があったからだ」

「その協力者というのは、中国人ですか？」

「そうだ」

「何者ですか？」

「協力者のことは、他人には明かしたくない。あんたも公安ならわかるだろう」

「それはわかります。しかし、その人物からどんな情報を得たのか、話してもらわないと捜査になりません」

盛本が倉島を見据えて尋ねた。

「ヴォルコフを殺したのは、本当にロシア人じゃないんだな？」

「違います。中国人だと思います」

「もしそうだとしたら、協力者の命も危ない」

「どういうことです？」

盛本は次第に追い詰められた表情になった。

「協力者は、中国国家安全部の工作員だ」

「つまり、二重スパイということですか？」

「そういうことになる。ダットに関する情報を俺に漏らしたということが発覚すれば、その協力者は確実に消される。ヴォルコフを消したことが、その意思表示に違いない」

「つまり、ダット殺害に関係した人物はすべて抹殺する、と……」

「そういうことだ」

「話はわかりました」

「そういうわけで、俺はこれ以上は協力できない」

「外事二課のチームの協力を期待していたのですが……」

盛本はかぶりを振った。

「だから、それはできないんだ」

「単独行動だからですね？」

盛本はこたえなかった。

倉島はさらに言った。

「もし、外事二課でそれなりの態勢を組んでいるのなら、すぐに我々と合流したはずです。どう考えてもそのほうがお互いのためです。そうしなかったのは、そんなチームが存在しないからでしょう」

盛本は、視線を落としたままこたえた。

「お見通しというわけか……」

「ちょっと考えれば、誰にだってわかりますよ。協力者を守るために、聞き出した情報を秘匿して、外事二課でも共有できていないということですね？」

「あんたの言うとおりだ。扱いには細心の注意が必要だった」

「だったらなおさら、我々と組んだほうがいいです。一人では何もできない。その協力者を守ることもできないでしょう」

「情報が漏れる危険がある」

「我々は、その危険を排除しようとしているんです」

「中国は甘くない」

「だからって、日本国内で好き勝手をやっていいわけじゃないでしょう。俺たちは戦わなきゃならない。そのための公安でしょう」

盛本はまた考え込んだ。

倉島は言った。

「女性ですね」

「なに……？」

「その協力者です。女性なんですね」

盛本はうなずいた。

「そうだ。だが、女性かどうかは関係ない。俺はあくまで、協力者を守りたいだけだ」

「わかりました。その協力者を守ることもミッションに加えましょう」

しばらく間を置いてから、盛本が言った。

「そういうことなら、手を組むしかなさそうだな……」

「どこの誰なのかを教えてくれないと、守りようがありません」

「信頼できる者だけに、素性を教える」

「いいでしょう」

「じゃあ……」

盛本が立ち上がり、出ていこうとした。倉島は言った。

「どこへ行くんです？　盛本さんも我々のチームの一員ですよ。ここに詰めてください」

「ヴォルコフ殺しが、中国人だということなら、実行犯の目星をつけられるかもしれない。当たってみる」

倉島はうなずいた。

「わかりました。夜には一度上がってください」

「じゃあ、二十時に戻る」

盛本が部屋をあとにした。出ていくときは、すっかり落ち着きを取り戻し、頼りになる面構えになっていた。

それと入れ替わるように、伊藤が姿を見せたので、倉島は言った。

「どこかでこの部屋を見張っているのか？」

「そんなはずないでしょう」

「いつも、誰かと入れ替わりで現れるような気がする」

「外から戻ってきたら、誰かがいるようなので、様子をうかがったんです。盛本さんとは、まだ顔を合わさないほうがいいと思いますので……」

「何かわかったか？」

「同じ工場で働いていた何人かのベトナム人に話を聞いてみましたが、誰もチャン・ヴァン・ダットについて話したがりません」

「やはり、ダットはベトナム公安省か何かの工作員ということだろうか」

「そのへんのことは、外事二課の盛本さんが詳しいんじゃないですか」

「そうだな。いずれ彼から、いったい何がどうなっているのかを、ちゃんと説明してもらわなければならない」

「彼には、自分らに隠し事をしなければならないような事情があるようですね」

「協力者を守るためだと言っていた」

「中国人ですか？」

「そうらしい。日本でスパイ活動をしていて、盛本さんの協力者になったようだ。つまり、二重スパイだな」

「なるほど、それが中国の組織にばれたら、殺されますね」

「本国に連れ帰り、監禁した上でさんざんいたぶってなぶり殺し。まあ、そういうところだろう」

「中国人に情け容赦はありませんからね」

「どうやら、盛本さんは単独行動だったようだ。一人では協力者を守ることもできないと言ってやったら、ようやく本気で俺たちと手を組む気になったようだ」

「その協力者について調べてみましょう」

倉島は驚いて言った。

「何のために……?」

「盛本さんを信用しないわけじゃないですが、裏を取る必要はあるでしょう」

「もっと他にすべきことがあるような気がするんだが……」

「だったら、何をすべきか言ってください」

「そう言われると、こたえに困るな……」

「その協力者を調べることで、盛本さんの得た情報の信頼度もわかると思います。もしかしたら、ヴォルコフ殺害の実行犯の手がかりも得られるかもしれません」

「実行犯の手がかり?」

「その協力者とは、同じ穴のムジナでしょう。二重スパイを始末するとしたら、ヴォルコフ殺害犯と同一人物である可能性が高いと思います。殺し屋がそう何人もいるとは思いたくないです」

「わかった。ちなみに、その協力者というのは女性のようだ」

「でしょうね」

そう言うと、伊藤は部屋を出ていった。

倉島は時計を見た。午後三時四十五分だった。稲葉公機捜副隊長に電話をしてみた。

「何かわかりましたか？」

「今、例の物置か？」

「自分らは前線本部と呼んでますが……」

「そちらに行く」

電話を切ってから五分で稲葉が現れた。先ほど、盛本が座っていたのと同じ位置に腰を下ろした。

「教えてもらった二人の情報源はどちらも、ヴォルコフのことを知らないと言っているそうだ」

「まあ、そうでしょうね。下っ端は知らないはずですし、もし知っていても、面倒を避けて知らないと言うでしょう」

「記者発表前だから、訪ねていった公機捜隊員は、ヴォルコフが殺害されたことは告げていない」

「早ければ、夕刊や夕方のニュースで報道されるでしょうね」

「そうなれば、ロシア人たちは何か動きを見せるだろうか……」

「いいえ。何事もなかったような顔をするでしょうね」

「同胞の仇を討とうというやつはいないのか？」

倉島は、コソラポフのことを思い出しながら言った。

「いますよ。でも、そういうやつらは、決して表には顔を出しません。完全な隠密行動で目的を果たそうとするでしょう」

「物騒だな……」

「もちろん、好き勝手はさせません」

「松島たちは聞き込みから戻っているが、これからどうする？」

「ある人物の行確が必要になるかもしれません。それまで待機していてください」

「行確？　誰の？」

「外事二課の盛本という人の協力者です」

「協力者の行確だって？」

「行確というより、警護と言うべきかもしれません。危険な任務になるかもしれません。公機捜隊員は、常時拳銃を携帯していますね？」

「ああ。それは、刑事部の機捜と同じだ」

倉島はうなずいた。

すると、稲葉副隊長が厳しい表情になって尋ねた。

「危険な任務は覚悟の上だが、せめて事情をちゃんと説明してほしい」

「ヴォルコフは、口封じのためにロシア人に殺害されたと見る向きもありましたが、実はそうではなく、中国の工作員が殺害した可能性が大なのです」

「中国の工作員？　なぜだ？」

「それをこれから調べるのです。わかっているのは、チャン・ヴァン・ダットが中国の工作員と接触をしていたらしいということです。その情報を、ある協力者が盛本さんに与えたということです」

「待ってくれ、ちょっと整理する」

稲葉副隊長が眉間にしわを刻んで言った。「中国人と接触していたベトナム人を、ヴォルコフが殺した。そのヴォルコフを中国人が殺した……。そういうことか?」

「確証はないですが、そういうことだと思います」

「ヴォルコフがベトナム人を殺害した理由は何だ? そして、中国人がヴォルコフを殺した理由は……」

「その、盛本さんの協力者が両方の理由を知っていると思います」

「じゃあ、早く聞き出せばいい」

「警察と接触したことが仲間に知られたら、その協力者は確実に消されます。それも、本国に連れ帰った上で、とても残忍な方法で……」

「そうか……。その協力者も中国人なのだな……」

「だから、盛本さんは慎重なんです。自分らも慎重にやらなければなりません」

稲葉副隊長が、一つ溜め息をついてから言った。

「俺たちは、待機する。何かわかったらすぐに知らせてくれ」

彼は部屋を出ていった。

20

午後五時頃、白崎と片桐が戻ってきた。二人は連絡を取り合って合流したらしい。

白崎が言った。

「捜査本部の連中も混乱しているようだね」

倉島は言った。

「まあ、参考人が殺されたんですから……。石田係長は、かんかんでしたね」

「目撃情報は今のところなさそうだ。手口から見てプロの犯行だろうから、殺害現場を目撃されるようなヘマはやらないと思うがね……」

片桐が言った。

「病院でも、刑事たちと顔を合わせないように気を使いましたよ」

「遺体は捜査本部に運ばれたということだが……」

倉島が訊くと、片桐はうなずいた。

「そのようです。麻布署に運ぶということでした」

倉島は白崎に言った。

「検視の結果を知りたいですね。もし、司法解剖するなら、その結果も……」

白崎が渋い顔をした。

「石田がかんかんだったということは、その上の管理官や課長も頭に来ているということだな。

こっちの言うことを聞いてくれるかどうか……」

「しかし、話をしないわけにはいきません。捜査能力という点では、捜査本部にはかないませんから」

「石田と話をした直後、ヴォルコフ殺害だからなあ……。向こうがどう出るか……」

「有力な情報があれば、こっちの話を聞かざるを得ないでしょう」

「そんな情報があるのか？」

「中国です」

白崎が怪訝そうな顔で聞き返した。

「中国……？」

片桐も似たような表情で倉島を見ている。

倉島は、盛本との会話の内容を二人に伝えた。話を聞き終えた白崎が言った。

「協力者からの情報か……。その協力者は、チャン・ヴァン・ダットが殺された理由も知っているということかね？」

「おそらくそうだと思います。盛本さんは、その協力者の身の安全をひどく気づかっています。ですから、このことは絶対外に漏れないようにしてください」

白崎がうなずいた。

「もちろんだ。私も公安だからね。そのへんのことはだいじょうぶだ」

片桐が言った。

「自分も心得ています」

「だが……」

白崎が言った。「捜査本部に、その話をしなければならないわけだろう」

「もちろん、協力者のことは伏せなければなりませんね」

白崎が思案顔になった。

「うーん。連中が、それで納得するだろうか……」

「誠意をもって話すしかありません」

倉島がそう言うと、白崎は驚いた顔になった。

「ゼロ帰りの筋金入り公安マンから、誠意などという言葉が聞けるとは思わなかった」

「心外ですね。俺はいつも、誠意をもって仕事をしているつもりです」

「じゃあ、その誠意を示すのは、いつにする？」

「今から、捜査本部を訪ねてはどうでしょう？」

「今頃、てんやわんやだろうな」

「てんやわんや……？　その言葉、久しぶりに聞きました」

「会いたいと言っても、けんもほろろに拒否されるかもしれない」

「とにかく、電話してみます」

倉島は携帯電話を取り出した。思い立ったときに連絡を取らないと、タイミングを逸してしまうものだ。

だが、白崎が言った「てんやわんや」というのももっともなことだ。

倉島は、石田係長にかけた。

「何だ?」

相変わらず機嫌が悪そうだ。

「ヴォルコフ殺害について、有力な情報をつかんだのでお知らせしようと思いまして」

「どんなネタだ?」

「それは、お目にかかってお話ししたいと思います」

「おい、おまえらはヘマをやったんだ。そんなやつらの話に耳を傾ける気はない」

「殺人犯は、何者であれ、許すわけにはいかないと、我々も考えているのです」

「だったら、ちゃんと仕事をしろよ」

「ですから、情報を伝えようとしているんです」

「話をしたけりゃ、捜査本部に来るんだな」

「わかりました。三十分で行きます」

電話が切れた。

倉島は、白崎に言った。

「これから、捜査本部に向かいます。いっしょに来てください」

「また、吊し上げを食らうかもしれないぞ」

「まあ、その覚悟でいたほうがいいでしょうね」

白崎は渋い顔になった。

片桐が言った。

「自分はどうしましょう?」

倉島はこたえた。

「伊藤と連絡を取ってくれ。彼は、盛本さんの協力者について調べているはずだ。合流するなり、手分けするなりしてくれ」

「了解しました」

倉島と白崎は、前線本部を出て、麻布署に向かった。


石田係長は、倉島と白崎の姿を見ると、小走りに部屋の出入り口までやってきた。そして、そこで仁王立ちになった。

二人を、捜査本部内に入れまいとしているようだ。

「何の用だ」

今にも嚙みつきそうな表情だ。まだ怒りが収まっていないようだ。

倉島はこたえた。

「ヴォルコフを殺害したのは、ロシア人ではありません」

「言い訳なんぞは聞きたくねえ。ぶん殴られないうちに帰れ」

「信頼できる筋からの情報です。ロシア人たちも、ひどく腹を立てているんです」

「ヴォルコフの身柄を取ろうとしたら、ロシア人が動くだろうと言ったのは、おまえだぞ」

「それは嘘でも間違いでもありません。あの時点ではそうでした。ロシア人たちも、まさかヴォルコフが殺されるとは思ってもいなかったのです」

「口封じじゃないとしたら、何だと言うんだ」

「中国人かもしれないという情報があります」

石田係長は、言葉を呑み込んだ。無言のまま、倉島を見つめている。

考えてもいなかったことを言われ、どう反応していいかわからないのだ。

倉島は、石田係長が何か言うのを待つことにした。やがて、彼は言った。

「いったい、何の話だ？」

「昨日、ダットが中国の政府機関の人間と接触しているかもしれないという話をしましたね」

「それが何だ？」

「中国がダットに金を渡していた可能性があります」

「何だって……」

「さらに、ベトナム政府からも金が出ていたかもしれません。だから彼は、工場での就業実態がなかったんです」

石田係長は、倉島を睨みつけた。

「戯言《たわごと》だ。公安は、そうやって何でも陰謀に結びつけようとする」

白崎が言った。

「わざわざ訪ねてきて、情報提供しようと言ってるんだ。少しはまともに、話を聞いたらどうだ？」

石田係長は、白崎に嚙みついた。

「張り込んでいた建物の中で、参考人をまんまと殺されちまったんだぞ。どうしてくれるんだ」

「だからさ、犯人を捕まえようって言ってるんだ」

「信用できねえんだよ」

「あんたが信用するかどうかは問題じゃない。誰か、俺たちの話をちゃんと聞いてくれる人はいないのか?」

石田係長は、白崎を睨みつけていた。

倉島は言った。

「中国がどう絡んでいるのか知りたいとおっしゃっていましたね。我々もそれを知りたいと思っています」

石田係長は、相変わらず厳しい眼差しを、倉島と白崎に向けている。

「だから何だって言うんだ。そっちはそっちで勝手にやればいいだろう」

「自分らには、捜査本部の組織力が必要です。そして、そちらには、我々の情報が必要でしょう」

「だからよ、最初から知ってることを全部しゃべれって言ってたんだよ。それなのに、おまえらは……」

白崎が言った。

「私らだって手探りだったんだよ。ようやくわかったことを伝えようと言ってるんだ」

「ほう……。何を企んでいるんだ?」

「企んでなんかいない。事件を解決したいだけだ。ダットを誰が殺したのか、ヴォルコフを誰が殺したのか……。それを明らかにしたいんだ」

石田係長が、ふと思案顔になった。

「中国が何だって言うんだ」

倉島は言った。

「チャン・ヴァン・ダットは、中国の政府機関と関係がありました。ダットを殺害したのは、間違いなくヴォルコフですが、理由はそこにあるのだと思います。そして、今度は、中国人がヴォルコフを殺害したという可能性が大きいのです」

石田係長はしばらく無言で倉島の顔を見ていた。やがて、彼は言った。

「それは、どの程度確かな情報なんだ？」

「ほとんどが未確認情報ですが、自分らはそれを確かめるために動いています」

石田係長が、倉島と白崎を交互に見た。

「その線を追えば、ヴォルコフを殺したやつにたどり着くというのか？」

倉島はうなずいた。

「自分はそう信じています」

「俺たちにそれを教える、おまえらのメリットは？」

「自分らは、事件のからくりを知りたいんです」

補足するように、白崎が言った。

「殺人犯は捜査本部のものだ」

石田係長が言った。

「その話を、管理官や課長の前でできるか？」

「もちろんです。そのつもりで来ました」

石田係長は、腕組みをしてしばらく考えていたが、いきなり踵を返して歩き去った。倉島と白崎は、捜査本部の戸口で取り残された恰好になった。

倉島は白崎に尋ねた。

「これは、どういう扱いなんでしょう？　ここで待ってろということですか？」

「さあな……。まあ、しばらく待っているしかないだろう」

五分ほど経つと、石田係長が戻ってきて言った。

「来てくれ」

倉島たちは、幹部席に連れていかれた。田端捜査一課長の姿があった。そして、その席の前に、池谷《いけたに》管理官が立っていた。

田端課長が、倉島に言った。

「ヴォルコフを殺害したのは、ロシア人じゃないって？」

「そうではないという有力な情報を得ております」

「中国人が絡んでいるってのは、どういうことだ」

倉島は、石田係長に言ったことを繰り返した。

話を聞き終えると、田端課長が言った。

「中国政府が、ベトナム人に金を出していたというのか？」

「おそらく、そういうことだと思います」

「今の話は、どれも不確かだ。そんな話で捜査本部は動かない」

「方向性をお示ししようと思いました」

「方向性？」

「ロシア人の犯行と考えるのと、中国人の犯行と考えるのとでは、当然、捜査のやり方も変わってくるでしょう」

田端課長はかぶりを振った。

「ロシア人が口封じのために殺したという可能性も捨てるわけにはいかない」

「選択肢を増やしてはどうかと具申しております」

田端課長が池谷管理官を見た。

池谷管理官が言った。

「スタジオ内や駐車場の防犯カメラの映像を解析したが、ロシア人らしい人物の姿は確認されなかった」

倉島は言った。

「中国人なら、映像では日本人と見分けがつかないかもしれませんね」

田端課長と池谷管理官が再び顔を見合わせる。

田端課長が言った。

「どうやら、映像の見直しをする必要がありそうだな」

池谷管理官が石田係長に尋ねる。

「映像から不審人物の洗い出しは？」

「従業員や、当時スタジオを使用していた人々から事情を聞いた上で、身元が判明していない人物が三名おります」

「つまり、誰も知らない三人ということだな？」

「はい」

田端課長が倉島に言った。

「そっちが情報提供してくれる中国人と、その三人の中の誰かが一致すれば、その人物が被疑者ということになる」

倉島はうなずいて言った。

「そういうことですね」

「では、その中国人の情報をすぐにくれ」

「すいません。少し待っていただくことになります」

「どういうことだ？」

「外事二課の担当者から、情報を引き出さなければなりません」

田端課長が怪訝そうに眉をひそめた。

「何を言ってるんだ？」

「実は、外事二課の担当者が、協力者の身の安全を気づかっておりまして……。情報漏洩を極端に恐れているのです」

「つまり、こういうことか？」

田端課長が言った。「情報はその協力者が握っており、外事二課のやつは、あんたにもそれを教えたがらないと……」

「ヴォルコフを殺したのは中国人らしいという話も、ようやく聞き出したのです」

すると、池谷管理官が言った。

「では、映像から割り出した三人の身元不明者の中に中国人か、それに関係した人物がいないかどうか洗ってみることにしましょう」

田端課長がうなずいた。

「やってみる価値はあるな……」

倉島は、捜査本部のこうした機動力に期待していた。惜しげもなく捜査員を注ぎ込むことができる。倉島たちには、とうてい真似ができない。

白崎が言った。

「そいつは、極めて危険な人物のはずです。うかつに触らないようにしてください」

それにこたえたのは、石田係長だった。

「そんなことはわかってるよ。言っておくが、身柄を公安に渡したりはしないからな」

「言っただろう。殺人犯は捜査本部のものだって」

倉島がそれを補った。

「そう。自分らは情報提供という形で、捜査本部の手伝いができれば、と考えているんです」

田端課長が言った。

「殊勝なことを言うじゃないか」

「本音です。自分らは、事件の背景がわかればいいんです。目的は、犯人の身柄を取ることではありません。他にやることがあるんです」

「何だ、そのやることってのは」

「ロシア人と中国人が、ベトナムを巡って日本国内で何やらきな臭いことをやっているのです。

その落とし所を見つけなければなりません」

田端課長がうなずいた。

「そういう面倒臭いことは任せるよ。俺たちは殺人犯を挙げる。それでいい」

「協力態勢ができたと考えてよろしいのでしょうか？」

「ああ。早いとこ、その協力者だか何だかから話を聞き出してくれ」

「わかりました」

倉島は幹部席に向かって頭を下げ、白崎とともに出入り口に向かった。

捜査本部を出ると、白崎が言った。

「さて、どうするね？」

「待ったなしですね」

倉島はこたえた。「盛本さんに話をしましょう」

21

倉島は、車に乗り込むとすぐに盛本に電話をした。

「何だ？」

「協力者のほうはどうなりました？」

「会ってもいいと言っている。ただし……」

「ただし……？」

「会えるのは俺とあんたの二人だけだ」

とにかく会って話をすることだ。

「わかりました。いつ、どこで会いますか？」

「南青山のマンションの地下に、会員制の中華料理店がある。そこは安全だ」

倉島は、所在地を聞いて暗記した。電話を切ると、白崎に言った。

「これから、盛本さんと会ってきます。白崎さんは、この車を使ってください」

「協力者もいっしょか？」

「そう期待してます」

倉島は車を下りると、六本木通りに出てタクシーを拾った。指定された店は、骨董通りから青山墓地に向かう道に面したマンションの地下だった。

店には目立たない看板があり、出入り口にはインターホンがある。そこで名前を言うとドアが解錠された。

盛本が言った「会員制」は、伊達《だて》ではないようだ。

白髪の高齢の従業員に案内されて奥のテーブルに行くと、盛本がいた。倉島は向かい側に腰を下ろして尋ねた。

「協力者は？」

盛本が時計を見た。

「もうじき来るはずだ」

倉島も時間を確認した。午後七時になろうとしていた。

先ほどの白髪の従業員がやってきて告げた。

「お連れ様がおいでです」

彼と入れ違いに、長身の女性が席に近づいてきた。盛本が立ち上がったので、倉島もそれにならった。そして、盛本の隣の席に移動した。

やってきた女性は、百七十センチ以上ありそうだった。ハイヒールを履いているので、倉島より背が高く見える。

モデルだと言われても信じただろう。均整の取れた体格をしており、美しい顔立ちをしている。

盛本が言った。

「ヤン・リンファさん。ジャーナリストだ」

表向きの身分ではなく、実際にジャーナリストなのだろう。中国国家安全部の工作員は、正式な身分を与えられて送り込まれることがよくある。

ジャーナリストや大学の研究員などが多い。日本の文芸団体に堂々と所属しているケースもある。

盛本が続けて、倉島を紹介した。

ヤン・リンファはどのような字なのかと、倉島は尋ねた。楊凜風だということだった。

白髪の従業員がジャスミン茶のポットを持ってきた。盛本が彼に言った。

「何か注文するときは呼ぶから、それまでは俺たちだけにしてくれ」

「心得ております」

彼が扉を閉めると、完全な個室になった。

盛本が倉島に言った。

「事情は説明してある」

倉島は楊凜風に言った。

「もしあなたが危険な状態にあるのだとしたら、我々は全力でお守りします」

楊凜風が言った。

「盛本さんと会って話をするだけなら、それほど危険とは言えません。しかし、こうして別の人と会うのは、とても危険だと思います」

多少大陸訛《なま》りはあるものの、ほぼ完璧な日本語だった。

倉島は尋ねた。

「あなたは、中国国家安全部に所属していて、その情報を盛本に流している。そう考えていいですね」

楊凜風は否定しなかった。

倉島はさらに言った。

「あなたは、チャン・ヴァン・ダットが殺された理由をご存じですね？」

「知っています。しかし、それを話すということは、祖国に対する裏切りとなり、私は仲間に追われる立場になります」

「あなたから聞いたことは、厳しく秘匿します」

「秘密にしても、情報の出所は知られてしまいます」

「それまでに対策を講じましょう。具体的に何か要求はありますか？」

「もはや祖国に帰ることはできませんし、日本も安全ではありません。アメリカかカナダに亡命したいと思います」

この要求は、想定の範囲内だった。

「わかりました。大使館に話をつけて、無事出国できるようにします。ですから、チャン・ヴァン・ダットの件を話してください」

楊凜風は話しだした。

「彼は、ベトナム公安省の工作員です。彼の任務は我々と連絡を取ることです」

「中国政府が彼に金を払っていたという情報を得ています。ただ連絡を取るだけの任務とは思えないのですが……」

「中国政府の意思をベトナムの政府に伝える。それが、彼の役目です」

「中国政府の意思？　具体的にはどういうことです？」

「原発です」

「原発……」

「ベトナム政府は、二〇〇九年に原発建設計画を正式決定し、二〇一〇年、ニントゥアン省の第一原発をロシアに、第二原発を日本に発注しました」

倉島はうなずいた。

「二〇一四年には着工の予定でした。それが、突然白紙撤回されたのでしたね。二〇一六年のことでした。理由については、首相の交代とか、現地住民の反対運動とか、その時期に起きた公害事件に対する国民の反感とか、いろいろ言われていました」

「白紙撤回は、中国政府が秘密裡に働きかけた結果なのです。チャン・ヴァン・ダットは、中国政府とベトナム政府の陰の交渉のための連絡係でした」

伊藤から原発のことを聞いていたので、倉島はこの話を聞いても驚かなかった。

「それが理由で、ロシアの政府組織にダットが殺害されたのだ、と……？」

「そうです」

「ベトナム公安省の工作員が、中国と通じていたことが許せないと、ロシア政府が考えたということですか？」

「ベトナムとロシアの緊密な関係には長い歴史があります。今でもベトナムの兵器システムの多くはロシア製なのです。二〇一九年には、南シナ海で、ベトナムとロシアの合弁石油会社、ベトソフペトロが原油の生産を開始しました。南シナ海では、ベトナムが中国と睨み合いを続けているのはご存じのとおりです。ロシアの狙いは、中国の封じ込めです」

「それはわかりますが、なぜ今なんです？　どうして、今ロシアがダットを殺害したのです？」

「中国がベトナムに、原発輸出を計画しているからです」

「そう言えば、ニントゥアン省の村では、ロシアと日本の原発建設は中止となったけど、今度は中国の原発がやってくるかもしれないという噂が流れているそうですね」

「噂は事実です。チャン・ヴァン・ダットはその計画を進めるために、国家安全部の者と密に連絡を取り合っていました」

「なるほど……。それは、ロシア人にしてみれば、ひどい裏切り行為だ。ダットは見せしめというわけですか？」

「見せしめというより、ロシア政府の確固たる意思の表明と見るべきでしょう」

「しかし、何でまた日本で……」

それにこたえたのは、盛本だった。

「何を今さら……。日本がスパイ天国だってことは知っているだろう」

「まあ、それはそうですが……」

「ロシア人は、ベトナム国内のいたる所に入り込んでいて、眼を光らせています」

楊凜風が言った。「ベトナムよりも日本のほうがスパイにとっては安全なのです」

「しかし、安全だと思っていた日本で、ダットはロシア人に殺されたのです」

「ロシアがそれだけ腹を立てていたということでしょう」

おそらく、ヴォルコフはザハロフ外相から直接指示を受けたに違いない。ロシア政府の本気度がわかる。

倉島は尋ねた。

「ヴォルコフを殺害したのは、中国国家安全部の工作員なのですね？」

「そうです」

楊凜風は、あっさりと認めた。

「では、あなたが日本の公安と通じていることを知られたら、その工作員に狙われることになるということですね」

「確実に殺されるでしょう」

「そうならないためにも、その工作員のことを知る必要があります。教えてください」

「知らないのです」

「知らない？　そんなはずはない。あなたと同じ国家安全部の人間でしょう」

「本当に知らないのです。同じミッションに関わらない限り、他の工作員のことを知ることはありません。特に、非合法要員については、その身分は厳しく秘匿されます」

「我々は、あなたを助けようとしているのです。隠し事はやめてください」

「本当に、私は知りません」

倉島は盛本を見た。盛本は小さくかぶりを振った。嘘か本当か判断できないということだろう。

倉島は言った。

「では、あなたの知っている限りでけっこうです。今現在、東京にいる国家安全部や公安部の仲間について教えてください」

「それはできません」

「なぜです？　すでにあなたは、中国政府を裏切っているのですよ」

自分の立場をはっきりとわからせなければならない。

楊凜風が言った。

「限られた情報を提供することと、政府の計画を妨害することは根本的に違います。工作員の名前を漏らすのは、彼らを危険にさらすことになります。それはできません」

盛本が言った。

「逆の立場だったら、あんたどうする？」

「それは考えないようにしています」

盛本は、小さく肩をすくめた。

「ダットとヴォルコフ殺害の理由。それを聞くことが目的だったはずだ。その目的は果たされたと思う」

倉島は、楊凜風に尋ねた。

「これからどうします？」

「亡命の機会を待ちます。それまでは、今までと変わりなく過ごします」

「わかりました」

「本当に、亡命させてくれるのですね？」

「手配します。では、自分はこれで……」

席を立とうとすると、楊凜風が止めた。

「食事もしないで店を出ると、怪しまれます」

「監視がついているということですか？」

「わかりません。しかし、用心することにしています」

自国の工作員をも監視する。中国ならやりそうなことだ。

「わかりました。夕食はまだですので、ここで食べていくことにします」

盛本が言った。

「では、メニューを持ってこさせよう」


食事を終えて三人で店を出た。楊凛風は表参道駅に徒歩で向かった。倉島と盛本は、いったんその場で別れた。監視がついていたときのための用心だ。

倉島はタクシーを拾って、目黒の公機捜本部に向かった。

前線本部に戻ったのは、午後九時頃のことだった。倉島の帰りを白崎が待っていた。

「会えたのか？」

「はい。会えました」

「それで……？」

「もうじき盛本さんがここに来ると思います。それから話をしたほうがいいと思います」

「盛本に気を使うことはないだろう」

「別に気を使っているわけじゃないんですが、彼の協力者に関することですから……」

「わかった。待とう」

盛本が到着したのは、その五分後のことだった。

白崎が言った。

「さて、話を聞かせてもらおうか」

盛本が倉島を見て言った。

「信頼できる者だけに、協力者の素性を教えると言ったはずだ」

「自分たちと手を組むんでしょう？　こちらのメンバーを信頼してください」

「知る者が増えると、それだけ危険も増えるんだ」

「協力者を守ることもミッションに加えたんです。メンバー間で情報を共有する必要があります」

「安易に教えるわけにはいかないんだ」

するとと、白崎が言った。

「まあ、いいさ。その件については二人で話してくれ。俺が知りたいのは、ダットやヴォルコフ殺害の件だ」

倉島は盛本に確認した。

「それはしゃべってかまいませんね？」

「ああ。問題ない」

倉島は、楊凜風から聞いた話を白崎に伝えた。

話を聞き終えると、白崎は言った。

「やはり、中国のせいで、ベトナムの原発建設計画が白紙撤回されたってことか……」

「ロシアが激怒するのは理解できますね。長い間、ベトナムにはいろいろ援助してきたんですから……。その関係に泥を塗られたようなものです」

「それで、ヴォルコフがダットを殺した。それを知って腹を立てた中国が、今度はヴォルコフを始末した……」

「そういうことです」

白崎が盛本に言った。

「この話を刑事たちにしていいね？　捜査本部は俺たちから話を聞きたがっているんだ」

「よそに漏らされるわけにはいかない。捜査本部の周囲にはマスコミがうろついている。万が一漏れたらたいへんなことになる」

「刑事たちにだって、この情報の重要さはわかるさ」

白崎は倉島を見て言った。「俺は、捜査本部に行って今の話を伝える」

「わかりました」

白崎が部屋を出ていった。

倉島は、盛本に言った。

「楊凜風が、ヴォルコフ殺害の実行犯を知らないというのは、本当だと思いますか？」

「俺には判断がつかない」

「それを聞き出せるのは、盛本さんしかいません」

盛本は目をそらして、しばらく何事か考えていた。やがて、彼は言った。

「わかっている。話をしてみる」

彼は部屋を出ていこうとした。

「今後は所在を明らかにしてください」

「今日は帰宅する。協力者に会わせるという役割は果たした」

「わかりました」

盛本が戸口から去った。

楊凜風の亡命について考えていると、伊藤が入室してきた。

「おまえ、やっぱりどこかでこの部屋を見張っているんじゃないのか?」

「そんなことはありません」

「どうしていつも、盛本さんがいなくなると、すぐにやってくるんだ?」

「自分が見張っているのは、この部屋ではなく、盛本さんです」

倉島は驚いた。

「なんで、盛本さんを……」

「協力者のことを調べると言ったでしょう。盛本さんに張り付いていれば、協力者のこともわかると思いまして……」

「じゃあ、俺と南青山で会っていたことも知っているな」

「はい」

「協力者の身の安全を確保したい。張り付いてくれ。彼女の名前は……」

「楊凜風でしょう」

「驚いたな……。どうして知っている?」

「だから、盛本さんを張っていれば、それくらい突きとめられますよ。楊には今、片桐が張り付いています」

「それくらい突きとめられる」と言ったが、簡単なことではない。伊藤の優秀さの証しだ。

倉島は言った。

「公機捜の手を借りるので、監視を続けてくれ」

「監視ですか、警護ですか」

「両方だ」

「了解しました」

「公機捜の副隊長に連絡を取るから、しばらく待っていてくれ」

伊藤が腰を下ろした。

倉島は、稲葉副隊長に電話をした。

「今、どちらにおいでですか？」

「本部にいる。何かあったのか？」

時計を見ると午後九時半だ。副隊長は日勤だろうから、終業時間は午後五時三十分だ。ずいぶんと残業していることになる。

刑事なども日勤だが、勤務時間どおりに帰宅できる警察官はごく稀だ。働き方改革などというのは別世界の言葉だ。

「応援をお願いします」

「わかった。では、そちらへ行こう」

倉島が電話を切っても、伊藤は何も言わなかった。ただ無言で、宙を見つめている。

やがて、稲葉副隊長が前線本部にやってきた。伊藤が立ち上がった。

「こんな時刻にすいません」

倉島が言うと、稲葉副隊長がこたえた。

「時刻など関係ない。警察官というのは、そういうもんだろう。それで……？」

「ある人物の監視をしています。警護を兼ねているのですが、人手が必要です」

「対象者は？」

「楊凜風と言います」

「中国人か？」

「はい。ジャーナリストであると同時に、中国国家安全部の工作員でもあります」

稲葉副隊長は驚いた様子を見せなかった。

「対象者の身元についてはマル秘事項だな？」

「おっしゃるとおりです」

「詳しい話を誰から聞けばいい？」

「これから自分が説明します」

そして、倉島は白崎に告げたのと同じことを、稲葉副隊長と伊藤に話した。

「なるほど……」

説明を聞き終えると、稲葉副隊長が言った。「たしかにそいつは、公安外事の事案だ」

伊藤は、まったく驚いた様子を見せない。おそらく彼が想定していたとおりの話だったのだろう。

「それで……」

稲葉副隊長が尋ねた。「対象者の所在とかは……?」

「この伊藤が事情を知っています」

稲葉副隊長が言った。

「では、彼が指揮を執るんだな?」

倉島は、この稲葉副隊長のあまりのこだわりのなさに驚いた。

「いえ、伊藤が指揮官だなんて、とんでもない。指揮は稲葉副隊長にお願いします」

「そうか。では、伊藤に補佐役をやってもらう。それでいいな?」

「はい」

「さっそく詳しい話を聞こう」

稲葉副隊長は伊藤のそばの席に座った。伊藤も腰を下ろした。伊藤が説明を始め、稲葉副隊長が聴き入っている。倉島はその様子を眺めながら、次に何をすべきかを考えていた。

22

伊藤の説明が終わると、稲葉副隊長が倉島に尋ねた。

「警護を兼ねてということだが、対象者はかなり危険な状態なのか？」

倉島はこたえた。

「現時点では危険はないはずです。しかし、油断はできません。相手は中国国家安全部です」

「わかった。今待機している公機捜隊員は四人だ。そちらは今、伊藤を含めて二名か？　では、六人を二人ずつ三組に分けて、二十四時間態勢のシフトを組もう」

「お願いします」

「では、伊藤も来てくれ」

「あ、話があるので、伊藤はちょっと遅れます」

「了解だ」

稲葉副隊長が部屋を出ていった。

伊藤が無言で倉島を見ていた。

倉島は言った。

「俺は迷っていたんだが……」

伊藤が尋ねた。

「何のことです？」

「楊凜風の名前を稲葉副隊長に告げることをだ。盛本さんは、俺以外には知らせたくない様子だった」

「それでは、捜査にも警護にもなりません」

「それはそのとおりなのだが……」

「盛本さんが秘密にしようとしても、実際自分や片桐はもう知っているのです」

「そうだな……」

「監視に当たる公機捜隊員に名前や素性を伝えるのは、当然のことだと思います」

倉島はうなずいた。

「たしかに、おまえの言うとおりだ。引き止めて悪かった」

伊藤は会釈をして稲葉副隊長のもとに向かった。

迷いのない伊藤の言葉で、倉島は吹っ切れた思いだった。後輩の判断を当てにするというのも情けない気がしたが、伊藤は特別だ。

彼は忖度《そんたく》など余計なことは一切考えない。だから、理屈に合ったこたえを導き出すことができるのだ。彼の意見は貴重だと、倉島は思っていた。

伊藤が出ていくと、倉島は頭の中を整理することにした。

最優先事項は、ヴォルコフ殺害の実行犯の特定だ。その人物が楊凜風を始末しに来ると考えていいだろう。

もしかしたら、楊凜風はその人物を知っており、隠しているのかもしれない。倉島のことを信用していないのならば、それはあり得ることだ。

それについては盛本が対処するはずだ。

チャン・ヴァン・ダットとヴォルコフ殺害の背景について、白崎が捜査本部に伝えたはずだ。それが、捜査の手助けになるだろう。

少なくとも、捜査の選択肢を減らすことができるはずだ。見当外れの捜査をしなくて済むわけだ。

捜査本部の能力は決してあなどれない。人海戦術による集中的な捜査で、多くの手がかりを見つけ、実行犯に迫ることができるかもしれない。

楊凜風を監視していれば、実行犯が姿を見せるかもしれない。そちらは、公機捜の班に任せればいい。

必要な手は打ってある。倉島はそう判断した。あと気になるのは、ロシアの動きか……。

連中がヴォルコフ殺害の実行犯を、日本の警察より先に特定したら、面倒なことになる。

倉島は、コソラポフに電話をしてみた。

「何だ?」

コソラポフの声は穏やかに聞こえた。腹を立てたり、苛立ったりしている様子はない。

「共通の敵がいると、あんたが言った意味がわかった」

「おそらくそちらと同じことを、私たちも突きとめた」

「チャン・ヴァン・ダット殺害の背景も理解できた」

「そういうことを電話で話すのは、どうかと思う」

「聞かれてもかまわないと思っている。盗聴するとしたら、あんたらロシア人か、中国人だ」

「アメリカの諜報機関は、テロと戦うというたてまえで、世界中の通信を傍受している」

「今さらアメリカが介入してくるとは思えない」

「何の用で電話してきたんだ。昼間いっしょにランチを食べたばかりだ」

「ヴォルコフを殺した犯人を突き止めてやしないかと気になってね……」

「まさか……。日本国内で、我々ができることなど限られている。犯人を見つけられるはずがないだろう」

「ロシアの諜報活動はお家芸だろう」

「もし、見つけていたら、今頃死体が発見されているだろう」

「勝手な殺し合いは許さない」

「私に言われてもな……。ヴォルコフの件は、私の管轄外だ」

「ならば、担当している連中に伝えるといい」

「伝えても無駄だ。誰にも止められない」

ザハロフ外相が直接指示を出している。コソラポフはそれを言おうとしているのだろう。

「俺たちが止める」

ロシア人より先に、実行犯を特定し身柄を確保すればいい。

コソラポフが言った。

「やれると思うのなら、やってみるといい」

電話が切れた。

午後十時半頃、白崎から電話があった。

「どうです？　捜査本部のほうは」

「何度も同じ話をさせられた。被疑者の気持ちがよくわかったよ」

「誰に話しました？」

「田端課長、池谷管理官、石田係長。この三人だ」

「どこまで伝えたんです？」

「ベトナムの原発計画とその白紙撤回。その背後に中国政府の働きかけがあったこと。チャン・ヴァン・ダットはそのための連絡員だったこと。それについて、ロシア政府がひどく腹を立てていたこと……。まあ、背景はすべて伝えた」

「向こうの反応はどうでした？」

「石田と池谷管理官は、まるっきりぴんとこない様子だった。だから俺は、繰り返し同じ事をしゃべることになったわけだ。だけど、課長はさすがだね。充分にあり得る話だし、それなら、公安が動くのは理解できると言ってくれた」

「その言葉はありがたいですね」

「前回訪ねたときから、捜査本部は実行犯として中国人も視野に入れて捜査している」

「視野に入れて、とか言ってないで、もう中国人一本に絞って捜査してほしいですね」

「刑事としてはそうもいかないんだ。捕まえてから、あ、間違えましたじゃ済まないから……。あらゆる可能性を考えて、慎重に捜査を進めなけりゃならない」

「わかりました。朗報を待ちましょう」

「そうだね」

「白崎さんは、これからどうしますか?」

「捜査本部に張り付いているよ」

「もう、十時半を回っています。帰宅してはどうです?」

「いや、もうしばらくここにいたい」

捜査本部の雰囲気がなつかしいのかもしれないと、倉島は思った。

「夕方にそこを訪ねたときは、眼の仇にされましたが……」

「今はもうそんな心配はない。じゃあな……」

電話が切れた。


午前零時を越えた頃、片桐が前線本部に戻ってきた。倉島を見ると、彼は言った。

「やっぱりいらっしゃいましたね」

「帰ろうと思ったが、白崎さんは捜査本部にいると言うし、おまえたちも対象者に張り付いているだろう。帰りそびれた」

「自分らは三交代になりましたから、休憩が取れます。仮眠所がありますので、そこで休もうと思います。倉島さんも、そうしてください」

「そうだな……。それで、対象者はどうなんだ?」

「いやあ、美人ですよねえ。モデルみたいなプロポーションだし……」

「それは認めるよ」

「自宅に戻って、じっとしています。彼女も警戒しているのだと思います」

「盛本さんと接触は……?」

「青山の中華料理店で別れてからは、ありません」

盛本は接触を断られたということだろうか。あるいは、直接会うのが危険だと判断して、別の手段で連絡を取り合っているのかもしれない。倉島はそう思った。

片桐がさらに言った。

「原発の件、あらためて伊藤から聞きました。それがチャン・ヴァン・ダット殺害の背景だったんですね」

「外でしゃべるんじゃないぞ」

「わかっています」

「今のうちに、休んでおけ」

「はい。そうします」

片桐が部屋を出ていった。


さすがに、午前一時を過ぎると、どこからも連絡がなくなった。

片桐に言われたとおり、仮眠所で休むことにした。廊下で会った隊員に場所を尋ねると、案内してくれて、どのベッドを使えばいいか教えてくれた。

どこの仮眠所でも暗黙の約束事があるものだ。

背広だけ脱いでベッドにもぐり込む。脳みそがオーバーロード状態で、すぐには眠れないだろうと思っていた。だが、意外なことに倉島は、あっという間に眠りに落ちていた。

朝の六時まで、一度も目を覚まさずに眠りつづけた。起きるとすぐに携帯電話を確認した。着信はなく、捜査関係のメールもない。

洗顔を済ませると、前線本部に向かった。まだ誰の姿もない。集合の時間も、もはや決めていない。それぞれがやるべきことをやっていると思うしかない。

午前七時過ぎに、白崎が顔を出した。明らかに寝不足の顔だが、それほど辛そうではない。警察官はたいてい寝不足に慣れている。

「ずっと捜査本部だったんですか？」

「ああ。今までいた」

「……で、ヴォルコフ殺害犯については、どんな様子です？」

その表情を見れば、進展していないのは明らかだ。

「どうも芳《かんば》しくないね。レコーディングスタジオ内やその周辺の防犯カメラの映像を調べ直したんだけど、被疑者特定には至っていない」

「身元不明の人物が三人いたということでしたが……」

「それも望み薄なんだ。二名の身元はすでに判明している。一人は、飲食店の出前だった。近くのそば屋の店員だ。もう一人は、音楽プロダクションのバイトだ」

「残る一人は？」

「まだ未確認だが、捜査本部ではこれも望み薄だと見ている」

「なぜです？」

「女性なんだよ。サングラスをしていて野球帽のようなキャップをかぶっているので、人相もわからない」

「なるほど……。防犯カメラ以外の手がかりは？」

「今、必死で探している」

「司法解剖の結果はまだですよね」

「昨日の今日だからね。ただ、検視官が興味深いことを言っていた」

「何です？」

「死因は頸椎の損傷だ。激しく頸部を捻られたわけだが、どうも背後からではなく、正面からやられたようだと……」

「そんなことがわかるのですか？」

「解剖の結果を待たなければ詳しいことはわからないようだが、どうも脱臼や損傷している頸椎の位置や角度でそう思ったらしい」

「正面から……」

倉島は考え込んだ。「それにどんな意味があるんでしょう……」

「普通は、背後から不意をついて殺害したとか考えがちじゃないか。だが、実際は違ったということだ。まあ、それにどんな意味があるか、俺にもわからん」

倉島はうなずいてから言った。

「捜査本部に付き合ったということは徹夜でしょう。仮眠所で少し休んでください」

「いや、私は平気だ」

「今のうちに休んでおいたほうがいいと思います」

白崎は、一瞬考えてから言った。

「そうだな。この先どうなるかわからん。言うとおりにしよう。それで、あんたはこれからどうする?」

「一度、公総課長に報告に行かなければならないと思います」

「なるほど、それはあんたの役目だな。じゃあ……」

白崎が部屋を出ていった。仮眠所に向かったのだろう。


八時半になると、倉島は公安総務課に電話をして、九時に佐久良公総課長に面会したいと申し入れた。

「すでにいくつか面会の予定が入っていて、午後にならないとお約束できません」

「作業についての報告です」

「了解しました。九時ですね」

倉島は、すぐに前線本部を出て、本部庁舎に向かった。

公安総務課に着いたのは、九時五分前だった。そして、時間ぴったりに課長室に入るように言われた。

佐久良公総課長が言った。

「報告を聞きましょう」

倉島は、チャン・ヴァン・ダットとヴォルコフ殺害の背後にある、ベトナム、中国、ロシアの関わりを説明した。

報告を聞いても、佐久良公総課長の表情はまったく変わらなかった。

倉島は、さらに楊凜風のことを説明した。

佐久良公総課長が言った。

「中国国家安全部の工作員が、外事二課の協力者に……？　それは初耳ですね。ゼロにもまだ登録されていませんね」

すべての公安の協力者はゼロに登録されることになっている。

倉島は言った。

「外事二課の盛本さんは、楊凜風の身の安全を考慮して、その素性を秘匿しているようです」

「それでは協力者として認められません。亡命の話も登録してから、ということになります」

「信頼関係を構築している最中なのだと思います」

佐久良公総課長はしばらく、無言で何事か考えていたが、やがて言った。

「殺人事件のことは、刑事たちに任せておけばいいと思います。ベトナムの原発建設計画が白紙撤回されたのが、本当に中国の働きかけによるものなのか、それを明らかにすることが重要です」

「はい」

「ロシアはベトナムに対して、実力で抗議したということです。日本も黙っているわけにはいきません」

「ロシアのように非合法活動をするということですか？」

佐久良公総課長はかぶりを振った。

「政治決着ですよ。そのためのカードを政府に提供するのです」

つまり、中国がベトナムの原発政策について暗躍していたことがわかれば、それを外交の持ち札として使えるというわけだ。

「了解しました」

「ぐずぐずしていると、ロシアに先を越されますよ」

「はい」

「他に何か」

「いえ、以上です」

佐久良公総課長がうなずいた。

倉島は礼をして、公総課長室を出た。

23

倉島は、午前十時に目黒の前線本部に戻った。誰もいない。白崎はまだ仮眠所にいるのだろうか。あるいは、もう捜査本部に出かけているかもしれない。

現段階で打てる手はすべて打った。ここは、落ち着く場面だ。倉島は、前線本部で知らせを待つことにした。

だが、固定電話の警電も、携帯電話も鳴らない。

ひたすら待つだけというのは辛い。倉島は、公機捜の稲葉副隊長に電話してみた。

「どんな具合です?」

「地味な行確だよ。今のところ、特別な動きはない」

「暗殺者らしい人物は見当たらないのですね?」

「おい、暗殺者らしい人物ってどんなやつのことだ? ダークコートにサングラスで、ソフト帽をかぶっているようなやつか?」

「すいません。愚問でした」

「行確は慣れているからね。対象者が接触したり、住居や仕事場の周辺にいる人物の写真は全部押さえてある。その中から暗殺者を特定するのは容易なことじゃないぞ」

手間と時間がかかることは、倉島も充分に承知していた。そして、今はそんな時間をかけているときではない。

「そのデータを、こっちに送ってください」

「わかった。現時点までの画像データをすぐに送る」

「お願いします」

電話が切れると、しばらくして前線本部に置いてあるノートパソコンに稲葉副隊長からデータが届いた。おびただしい数の写真だ。

それを眺めながら、盛本に電話をした。

「何だ？」

「楊凛風から、何か話を聞けましたか？」

「工作員については知らないと言っている」

つまり、ヴォルコフ殺害の実行犯を知らないと言っているのだ。

「前線本部に来られますか？」

「何の用だ？」

「見てもらいたい写真があるんです」

「わかった。すぐに向かう」

電話を切り、盛本を待っていると、白崎が姿を見せた。明らかに寝起きの顔だ。

「お休みでしたか」

「ああ。三時間ほどぐっすり寝た。これから、捜査本部に行こうと思う」

「もう少しお休みになってもいいいんじゃないかと思いますが……」

「いや、充分に休ませてもらった。何を見てるんだ？」

「伊藤や公機捜の連中が行確で撮った写真です。盛本さんが来て見てくれることになっています」

白崎はうなずいてから言った。

「じゃあ、俺は出かけるよ」

白崎が部屋を出ていってから、約十分後に盛本が現れた。

「俺に見せたい写真というのは？」

倉島は説明してから、ノートパソコンのモニターを盛本に向けた。

「知っている顔があったら教えてください」

盛本はテーブルに向かって腰を下ろし、パソコンのモニターを覗き込んだ。マウスを操り、驚くほどの速さで写真を見ていく。公安はこういう作業に慣れているのだ。

普通の人なら二、三時間はかかるだろうが、盛本は二十分ほどで終えてしまった。

「知っている顔はないな」

「中国の工作員はいないということですか？」

「俺の知っている限りでは、いない」

「わかりました。それを、公機捜の副隊長に伝えます」

「楊凛風の安全は確保できているんだろうな？」

「公機捜の連中が二十四時間態勢で張り付いています」

「わかった」

「本人から工作員について、何か聞き出せないのですか？」

「あの中華料理店で、あんたも聞いたとおりだ。彼女はそれを繰り返すだけだ」

「隠しているのではないでしょうね」

「ヴォルコフ殺害の実行犯を知らないというのは、本当のことだと思う」

「引き続き、何か聞き出せないか試してみてください。どんなことでもいいから、手がかりが必要です」

「わかっている」

そう言うと、盛本は立ち上がった。

「ここにいて、さらに写真が届くのを待ってはどうですか？」

「夕方にまた顔を出す」

盛本は部屋を出ていった。


何も成果がないまま、時間が過ぎていった。

伊藤と公機捜の班は、交代で楊凜風の監視を続けている。白崎はあいかわらず、捜査本部に張り付いていた。

夕刻に、盛本が前線本部に来て、新たに届いた写真に眼を通した。だが、やはり知っている顔はないということだった。

動きがないまま、一日が過ぎた。夜中の十二時が過ぎる頃、そういえば今日は土曜日だったと、倉島は気づいた。

翌日の日曜日も同じように過ぎていった。公機捜も捜査本部も、土日など関係なく捜査を続けているのだ。

そして、月曜日の朝になった。

捜査本部にいる白崎からは、まだ進展がないという知らせがきた。

なぜ、何の手がかりもないのだろう。倉島はふと考えた。

公機捜班も捜査本部も、充分に持てる能力を発揮しているはずだ。こんなに捜査が停滞するのはおかしい。

倉島は焦っていた。ぐずぐずしていると、ロシアに先を越される。日本国内で、彼らの捜査能力が警察を凌ぐとは思えない。だが、ロシアの諜報機関は決してあなどれない。

携帯電話を取り出して、コソラポフにかけた。連絡を取るべきでないことはわかっていた。コソラポフは、警察が持っている情報を聞き出そうとするに違いない。

だが、電話せずにはいられなかった。焦りの原因の大部分はロシアなのだ。

「何だ？」

「ヴォルコフ殺害の実行犯を特定したのか？」

「私は担当じゃないと言っただろう。そんなことが、わかるはずがない」

「いや、ＦＳＯやＳＶＲが犯人を見つけたら、あんたにもわかるはずだ」

「私に電話をしてきてそんなことを言っているのは、日本の警察がまだ殺人の実行犯を特定できていないからだな」

「まだ特定できていない」

「こちらに動きはない。本当だ」

「……ということは、ロシアもまだ犯人を見つけていないということだな」

刑事なら「犯人」ではなく「被疑者」と言うはずだ。だが、倉島にとって刑事訴訟法などはそれほど重要ではない。

「見つけていないと思う」

コソラポフが言った。「そうとしか言えない。何度も言うが、担当ではないのでね」

これ以上追及しても仕方がないと思った。

倉島が黙っていると、コソラポフが続けて言った。

「警察は、ヴォルコフ殺害現場のレコーディングスタジオから防犯カメラの映像を入手したはずだ。何かわかったんじゃないのか?」

思ったとおり、こちらが持っている情報を聞き出そうとしてきた。

「空振りだ。手がかりはなしだ」

「本当か?」

信じていない口調だ。倉島は言った。

「残念ながら本当のことだ。だから、こうして電話してるんだ」

短い沈黙があった。

「ヴォルコフの件について、私から何か聞き出そうとしても無駄だ」

「ロシアがまだ動かないとわかっただけでもありがたいよ」

それは本音だった。コソラポフの言うことを百パーセント信じるわけにはいかないが、少なくとも、まだ犯人を特定していないというのは嘘ではなさそうだと、倉島は判断した。

電話を切ろうとすると、コソラポフが言った。

「ロシア人は、怨みを必ず晴らす」

「何だって?」

「わかっていると思うが、このままで済むと思わないほうがいい」

「勝手な殺し合いは許さないと言っただろう」

「言葉ではなく、行動で示すべきだ」

それから、コソラポフは付け加えるように言った。「私だって、殺し合いなど望んでいないんだ」

電話が切れた。

行動で示す、か……。言われなくても、やるべきことはやっている。倉島は思った。

コソラポフ個人は、報復など望んでいないということだろう。だが、ロシア政府としてはそうはいかないということだ。

焦りが募った。もし、ロシアに先を越されて、中国の工作員が日本国内で殺されたりしたら、外交カードを手に入れるどころか、日本政府の立場が危うくなる。そんな事態は絶対に避けなければならない。

公機捜班も捜査本部も、どうして何の成果も挙げられないのか。

何か見落としているのではないか。

もう一度最初から、あらゆる出来事を見直してみよう。慌てても仕方がない。こういうときこそ、落ち着いて、考え直してみることが必要だ。

そう思い、倉島はこれまでのことを、改めて一つ一つ思い出し、紙にメモを取っていった。

昼食のために、コンビニで握り飯とペットボトルの日本茶を買ってきた。それを食べながら、作成したメモを見直していた。

握り飯を食べ終わる頃に、ふとコソラポフが言っていたことが気になりだした。

彼は、レコーディングスタジオの防犯カメラの映像に言及した。

今さらどうして、それが気になるのだろう。倉島は自問した。すると、たちまち、一つの結論が形作られていった。倉島は、それをいろいろな面から検証してみた。

そういうことだったのか……。

倉島は、心の中でそうつぶやくと、白崎に電話をした。

「どうした？」

「今、捜査本部ですか？」

「そうだ。だが、進展はないぞ」

「お話ししたいことがあります。そちらへ行きます」

「俺がそっちに行ってもいい」

「いえ、捜査本部のほうが都合がいいと思いますので……」

「何の話だ？」

「そちらに着いてからお話しします」

「そうか。じゃあ、待ってる」

倉島は電話を切り、今度は、盛本にかけた。

「何だ?」

「これから麻布署の捜査本部に向かいます。盛本さんにも来ていただきたいのですが」

「捜査本部?　なぜだ?」

「ヴォルコフ殺害の被疑者を特定できたと思うんです」

「何だって?　どういうことだ?」

「それについて、白崎さんと盛本さんに検証してもらわなければならないと思います」

しばらく間があった。戸惑っているのだろうか。やがて、盛本は言った。

「わかった。これから向かう」

電話が切れた。


「いったい、何の話だ?」

捜査本部で倉島を待っていた白崎が言った。

「盛本さんは?」

「ああ。奥で待っている」

盛本は、管理官席の近くの椅子に腰かけていた。倉島と白崎が近づいていくと、彼は座ったまま言った。

「何事なんだ?」

倉島がこたえようとすると、そこに石田係長がやってきた。

「こんなところに公安が集まって何をやっている?」

白崎がこたえた。

「話したいことがあると、倉島が言うんだ」

石田係長が怪訝そうな顔で倉島を見た。

倉島は言った。

「石田係長にも話を聞いていただきたいと思います」

盛本が倉島に尋ねた。

「ヴォルコフ殺害の被疑者を特定できたんだって？」

石田係長が驚いた顔になり、言った。

「何だと。被疑者がわかっただって？」

倉島は言った。

「自分の思い込みかもしれないので、みなさんに検証してもらおうと思いまして……」

「待て……」

石田係長が言った。「管理官にも話を聞いてもらう」

彼は駆け足で管理官席に向かった。そしてすぐに、池谷管理官を伴って戻ってきた。盛本が立ち上がった。

「話を聞こう」

池谷管理官が倉島に言った。

倉島は言った。

「現在、公機捜ら六名が、ある人物の行確をしています。そして、こちらの捜査本部では、全力でヴォルコフ殺害の被疑者を追っている。にもかかわらず、いまだに手がかりがありません」

池谷管理官が質問した。

「公機捜は誰の行確をやってるんだ？」

「楊凜風という中国人ジャーナリストです」

「ジャーナリスト？」

「はい。彼女は、中国国家安全部の工作員でもあります」

「おい」

盛本が厳しい表情で言った。「おまえ、何のつもりだ」

倉島は盛本に言った。

「彼女の素性を話しておく必要があるんです」

盛本は、倉島を睨みつけている。

池谷管理官が言った。

「チャン・ヴァン・ダット殺害の事情を、その人物から聞き出したということか？」

倉島はうなずく。

「ええ。そうです」

「つまり、その人物は諜報員でありながら、祖国を裏切ったということになる」

「はい。ですから、中国の暗殺者に狙われるのではないかと危惧して、公機捜を二十四時間態勢で張り付けたのです。しかし、まったく動きがありません。暗殺者はおろか、中国の工作員が監視している様子もありません」

石田係長が言った。

「どうしてそう断言できる？」

「ここにいる盛本さんは、外事二課で中国を担当しています。行確をしている班が撮影した写真を見てもらいました。怪しい人物は写っていないということでした」

石田係長と池谷管理官が同時に盛本を見た。盛本が言った。

「間違いない。もし中国の監視がついていたら、気がつくはずだ」

石田係長と池谷管理官は顔を見合わせた。彼らが反論しないので、倉島は話を続けた。

「捜査本部でも被疑者を特定するにいたっていません」

石田係長が言った。

「公安が、もっと協力的だったら、もう捕まえているかもしれないよ」

倉島は、皮肉にはかまわず、話を続けた。

「公機捜と捜査本部がこれだけ調べて、被疑者が特定できないというのは、不自然ではないかと思うようになりました」

池谷管理官が言う。

「捜査というのは、そういうものだよ」

「おっしゃるとおりだと思いますが、今回はあまりに手がかりが少な過ぎます。それに違和感を覚えたのです」

「犯人がプロだからじゃないのか。工作員ならへたに証拠を残したりはしないだろう」

「どんなに優秀な工作員でも、完璧に痕跡を消すことなどできません」

石田係長が尋ねる。

「不自然だと言ったって、事実、手がかりがないんだ。しょうがないだろう。いったい、何が言いたいんだ」

「我々はすでに、重要な手がかりを得ているのに、それを見逃しているのかもしれません」

「何だって……」

「そして、楊凜風に張り付いている公機捜班が、暗殺者を見つけられないのは、そんなものが存在していないからかもしれないのです」

「暗殺者が存在していない？」

白崎が言った。「そんなばかな……。じゃあ、誰がヴォルコフを殺したんだ？」

倉島はこたえた。

「殺人の実行犯がいないと言ったわけじゃありません。楊凜風を殺そうとする者がいないということです」

白崎は怪訝そうな顔で考え込んだ。

倉島は言った。

「存在しないのだから、いくら監視していても発見できないのです」

石田係長が苛立った様子で言った。

「俺たちがすでに入手している重要な手がかりというのは、いったい何のことなんだ？」

「レコーディングスタジオの防犯カメラです。そこに映っていた身元不明者は女性だったということですね」

石田係長は押し黙った。おそらく、倉島が言いたいことに気づいたのだろう。

倉島は説明を続けた。

「ヴォルコフは、正面から攻撃を受けて殺害されたらしいということでしたね。おそらく油断したのでしょう。相手が女性だったら、そういうことが起こり得るのではないでしょうか」

盛本が言った。

「待て。あんたが、言いたいのは、つまり……」

倉島はうなずいた。

「殺害の実行犯は、楊凜風だと思います」

24

おそらく、盛本が反論するだろうと、倉島は思っていた。楊凜風は彼の協力者だったのだ。もし、盛本が否定しようとしても、刑事たちは、ある程度納得するはずだと考えていた。そこが、倉島の狙い目だ。

思ったとおり、まず口を開いたのは盛本だった。

「カナダかアメリカに亡命するために、我々の味方の振りをする……。それはあり得ることだ」

その言葉は、倉島の予想と違っていた。彼は、倉島の見立てを認めたのだ。

倉島は盛本に言った。

「楊凜風を信じていたんじゃないんですか？」

「情報源に過ぎない」

その言葉が本音かどうかは、わからなかった。だが、盛本がそう言ったことが、重要だと思った。彼は整理をつけたのだ。

倉島は、石田係長と池谷管理官に言った。

「楊凜風は、百七十センチという長身で体格がいい。訓練を受ければ、男性に負けないくらいの殺傷能力を身につけることができるはずです」

それを補うように、盛本が言った。

「彼女は、そういう訓練を受けているはずだ」

「しかし……」

池谷管理官が言った。「どうすれば、それを証明できるんだ？」

それにこたえたのも盛本だった。

「防犯カメラの映像を見たい。俺なら彼女かどうかわかるはずだ」

池谷管理官が石田係長にうなずきかけた。石田係長が盛本に言った。

「こっちで見てもらおう」

一行は、管理官席に移動した。石田係長が捜査員に命じて、机上のノートパソコンで防犯カメラの映像を再生した。

倉島と白崎も、盛本とともに画面に見入った。野球帽型のキャップにサングラスという女性の姿が映った。すぐにフレームから出て見えなくなった。その姿が映っているのは、ほんの三秒ほどに過ぎなかった。

そのシーンが何度か繰り返し再生される。

石田係長が盛本に尋ねた。

「どうだ？」

「間違いない。これは楊凜風だ」

石田係長が倉島に言った。

「公機捜たちが彼女に張り付いているんだな？」

「はい」

「身柄は、捜査本部がもらう。文句ないな？」

「ありません。殺人犯ですから」

石田係長は、池谷管理官を見た。

「捜査員を向かわせます。身柄確保と家宅捜索です」

「逮捕状と捜索・押収の許可証がいる。それを請求するには確証が必要だ。公安捜査員が認めたというだけじゃ……」

倉島は言った。

「捜査本部の腕の見せ所でしょう。楊凜風の知り合いに片っ端から防犯カメラの映像を見せて、彼女だという証言を取ればいい」

池谷管理官が石田係長に言った。

「よし、その線でいく。捜査員をかき集めて投入し、何が何でも証言を取れ」

捜査本部がフル回転を始めるのがわかった。倉島の眼から見ても、驚くほどの活力と機動力だった。

倉島は、公機捜の稲葉副隊長に電話をした。

「どうした?」

「楊凜風がヴォルコフ殺害の実行犯のようです」

「ほう……」

「それほど驚いていないようですね」

「中国の女スパイなんて、はなから怪しいじゃないか。それで、これからどうなる?」

「今、捜査本部で証拠固めをしています。令状が取れたら、身柄を取ってガサという段取りです」

「楊凜風から眼を離さなければいいんだな?」

「逮捕に向かうことを、くれぐれも彼女に気づかれないようにしてください」

「それは刑事たちに言ってくれ。公機捜は監視を気づかれるようなヘマはしない」

「わかりました。連携するように、刑事たちに言っておきます」

「了解だ」

倉島は電話を切ると、今の話を石田係長に伝えた。すると、石田係長が言った。

「心得ている。公機捜たちからの情報がなければ、捜査員たちも動けないんだ。あとは、俺たちに任せておけ」

倉島はうなずいた。

白崎が寄ってきて、倉島を人のいない場所まで引っぱっていった。そして、そっと言った。

「おい、身柄を捜査本部に渡しちまっていいのか?」

「いいんですよ。必要な情報は入手しましたから」

「公総課長からは何と言われているんだ?」

「政治決着のためのカードを手に入れろと言われました」

「ならば、女スパイの身柄を俺たちが……」

「いったん捜査本部が押さえたとしても、その後彼女の身柄がどうなるかはわかりません。日本で裁判を受けさせるか、本国に送り返すか……。はたまた、別のどこかに監禁するか……。上層部が考えることです。もはや、俺たちの役目じゃないんです」

白崎はしばらく黙っていたが、やがて言った。

「外事一課としての仕事は終わったということかね」

「捜査本部が被疑者の身柄を確保するのを見届けましょう」

白崎が無言でうなずいた。


目標がはっきりしたときの、捜査本部の能力は、やはりたいしたものだ。大人数を集中的に投入できるからだ。

防犯カメラの映像が楊凜風に間違いないという証言が得られたのは、午後三時過ぎだった。

凜風がよく利用するスポーツジムのインストラクターの証言だ。男性インストラクターだが、彼らは常に顧客の体格を観察している。

すぐに逮捕状と捜索・押収許可証の申請が行われた。約一時間で発行された。

午後四時二十分、職場で楊凜風の身柄が確保され、逮捕状が執行された。続いて、彼女の自宅が捜索された。

その知らせに、捜査員たちが歓声を上げる。幹部席の田端捜査一課長も満足げな表情だった。

捜査本部は、達成感と解放感に包まれている。その独特の雰囲気の中で、倉島はコソラポフに電話をした。

「なんだ、騒々しいな。どこにいるんだ?」

コソラポフの問いに、倉島はこたえた。

「捜査本部だ。被疑者を確保したので、お祝いムードなんだよ」

「被疑者確保……?」

「そうだ。ヴォルコフ殺害の被疑者だ」

コソラポフは小さく息をついた。

「先を越されたということか」

「そうだ。だから、報復はあきらめてもらう」

「私にそんなことを言っても仕方がない。それは、何度も言っていることだ」

「とにかく、被疑者の身柄は警察が押さえた。もう手出しはできない」

「担当の責任者がどう考えるか、だな」

「つまり、ザハロフ外相が、ということか？」

「その質問にはこたえられない」

「ザハロフ外相は、日本国内でのベトナム人の殺害を、ヴォルコフに命じた。これは、日本の司法と捜査当局に対する侮辱だ。いずれ、そのことが官邸等に報告されることになると思う」

「証拠はないだろう」

「ヴォルコフが日本滞在中のザハロフ外相に会いにいったはずだ」

「外相に会ったかどうかは、わからないはずだ」

「証拠なんて必要ない。法的措置を取るわけじゃないんでな。わが国の政府がそういう疑いを持っているというだけで充分だろう。その上、ヴォルコフの報復をするなどと言い出したら、さすがにわが国の政府も黙ってはいない」

わが国は、基本的には事なかれ主義の弱腰外交だと言われている。たしかに、表立ってザハロフ外相を非難できる政治家はいないかもしれない。

だが、水面下の戦いは別だ。少なくとも、外事警察は、ロシアの諜報機関に負けるつもりはない。

コソラポフが言った。

「まあ、ザハロフの周辺にも、ベトナム人殺害の件は失敗だったと言っている者もいるはずだ。だから……」

「いずれロシアは、ベトナムや中国と手打ちをするということか？」

「それが、外交というものじゃないか」

「その言葉を信じたい」

「では、そろそろ切る」

「ああ、じゃあな」

電話が切れた。

白崎が近づいてきて言った。

「作業は終了ということでいいね？」

「はい。後は、公総課長へのメモを作れば終わりです」

「じゃあ、私は帰って寝ることにするよ。さすがに疲れた」

「ご苦労さまでした」

白崎は歩き出そうとして足を止め、振り返って言った。

「また作業があるときは、いつでも声をかけてくれ」

「ありがとうございます」

「いやあ、楽しかった」

再び背を向けると、白崎は歩きだした。

倉島は、手書きでメモを作った。パソコンを借りて文書を作成すると、そのデータが残ってしまう。削除しても復元することができるのだ。

公総課長に渡す作業のメモに、万に一つでも外部に漏れる恐れがあってはならない。こういう場合は、現代でも手書きが一番なのだ。

すでに頭の中でまとまっているので、それを文字にするだけだ。三十分ほどでできあがった。

刑事たちは、送検のための資料作りを始めている。

倉島は、幹部席の田端課長に挨拶をした。

「この度はお世話になりました」

「世話になったのは、こっちだよ。まあ、いろいろあったが、結果オーライだ」

「はい」

「刑事と公安は、もっと仲よくしないとなあ」

「おっしゃるとおりです」

倉島は礼をしてその場を去った。


捜査本部を出ようとしている盛本に気づいて、倉島は彼に駆け寄った。

「協力してくれて、感謝しています」

廊下に出ると、倉島はそう声をかけた。盛本は立ち止まり、言った。

「お互いさまだ」

「すいません。辛い思いをさせてしまったかもしれません」

「何のことだ?」

「楊凜風がヴォルコフを殺したのだと、気づいていたのではないですか? 気づいていながら、カナダかアメリカに亡命させようと考えていたのでしょう」

「気づいていたわけじゃない。そうかもしれないと思っていただけだ」

「そうですか」

「勘違いしないでくれ。俺は、重要な情報をくれた代償として、彼女の希望をかなえようと考えていただけだ」

「はい」

「楊凜風が逮捕されたことで、中国国家安全部がどう動くか監視しなくてはならない。まだ俺の仕事は残っている」

「自分はこれから、公総課長に報告してきます」

盛本はうなずくと、踵を返してエレベーターのほうに向かった。


佐久良公総課長は、メモを見ると一言「ご苦労さまでした」と言った。

口頭での報告は必要ないようだと思い、倉島は礼をして退出しようとした。

佐久良課長が言った。

「被疑者の様子はどうだったのでしょう」

「まったく抵抗しなかったということです。覚悟していたのではないかと思います」

佐久良課長がうなずいた。

「わかりました」

この瞬間に、倉島の作業はすべて終了した。

倉島は改めて礼をして、部屋を出た。

その足で、外事一課に向かった。まだ、上田係長が席にいたので近づき、倉島は言った。

「ただ今、作業を完了しました」

上田係長は顔を上げ、しばし戸惑ったような表情をしていたが、やがて言った。

「そうか。わかった」

「できるだけ早く報告したかったのですが……」

「ヴォルコフ殺害の件か？」

「はい。捜査本部が実行犯を逮捕しました。楊凜風という中国人です」

「工作員か？」

「そうです。国家安全部の……」

「いろいろと後が面倒だな……」

「それは自分の役目ではないので……」

「私の役目でもない。もっと上の方の、高度な判断が必要だ」

「はい」

「他に何か？」

「以上です」

上田係長はうなずき、机上のパソコンに眼を戻した。倉島は係長席を離れた。

警視庁本部庁舎を出ると、倉島は公安機動捜査隊本部に向かった。前線本部の後片付けをしなければならない。

誰もいないと思っていたが、部屋に稲葉副隊長、片桐、そして松島がいたので、倉島は驚いた。

「どうしたんです？」

稲葉副隊長がこたえた。

「楊凜風が身柄確保されただろう。その時点で、俺たちはお役御免だと思ったが、何か指示があるまで待機しようと思ってな」

片桐が言う。

「自分らは今、当番を外れているので、とりあえずここにいようと思いまして……」

倉島は稲葉副隊長に言った。

「今、公総課長のところへ行って、作業の終了を報告しました」

「そうか。じゃあ、俺は引きあげるとするか」

「ご協力いただき、ありがとうございました。助かりました。公機捜の応援がなければ、被疑者は確保できませんでした」

「公安捜査のバックアップが俺たちの役目だ」

「隊長はまだいらっしゃいますか？」

「どうだろう」

稲葉副隊長は時計を見た。「午後六時半か……。まだ残っていると思うが……」

「挨拶をしてこようと思います」

「じゃあ、いっしょに行こう」

「いえ、それには及びません」

「俺がいっしょのほうがいい。あんた、隊長に好かれていないからな」

「本音を言うと、一人で会いにいくのは気が重いのです」

「そうだろうな」

倉島は、稲葉副隊長とともに隊長室に向かった。

輪島隊長は、帰り仕度をしている様子だった。倉島を見ると、露骨に迷惑そうな顔をした。

「何だ？　また何か要求か？」

「作業が終了しました」

「じゃあ、出ていってくれるんだな？」

「はい。お世話になりました」

「二度と来ないでほしいね」

「いろいろと無理を聞いていただいて、心から感謝しております」

「ああ、わかった。俺は出るところだったんだ。話が終わったら、さっさと帰ってくれ」

稲葉副隊長が言った。

「今回は、倉島たち外事一課だけでなく、外事二課や刑事部の捜査一課の連中にも、恩を売ってやりましたよ」

　輪島隊長の表情が弛んだ。

「ほう、そうなのか？」

「殺人の被疑者確保ですからね」

「何だか知らんが、公機捜の株が上がるのはいいことだ」

「隊長の評判も上がりますよ」

　輪島隊長は満足げにうなずいた。

　さすがに稲葉は、隊長の扱い方を心得ていると、倉島は感心した。

「では、失礼します」

　倉島は礼をした。

「いいか。もう一度言う。二度と来るな」

　隊長室を出ると、稲葉副隊長が言った。

「隊長はああ言ったが、いつでも声をかけてくれ」

「ありがとうございます」

　稲葉副隊長が思いついたように言った。

「帰ろうと思ったんだが、片桐や松島にめしを食わせてやらなけりゃな……」

　倉島はこたえた。

「わかりました。費用は自分が持ちます」

　稲葉副隊長は、にっと笑った。

「そいつはありがたいな」

「世話になったお礼です」

「そう言ってくれると思ったよ」

前線本部に戻ると、片桐や松島が片づけをしていた。

稲葉副隊長が言った。

「今夜は、倉島がおごってくれる」

片桐が言った。

「焼肉ですか？」

倉島が言った。

「何でもいいよ」

「自分もですか？」

伊藤の声がした。いつの間にか伊藤がいて、倉島は驚いた。

「ああ、もちろんだ」

「明日からは、公総課に戻っていいのですね？」

「ああ、そうしてくれ」

「わかりました」

倉島はふと思って言った。

「おまえは結局、盛本さんと一度も顔を合わせなかったな」

「今後のことも考えましてて……」

たしかに、いつまた同じようなことがあるかわからないのだ。さすがに伊藤だと倉島は思った。

「片づけを終えたら、出かけよう」

倉島は言った。腹が減っている。

空腹を覚えるのは久しぶりだ。そんな気がした。

初出「オール讀物」二〇二〇年二月号～二〇二一年三・四月合併号

今野敏（こんの・びん）

1955年、北海道生まれ。上智大学文学部新聞学科卒業。大学在学中の78年に「怪物が街にやってくる」で問題小説新人賞を受賞し、作家デビュー。レコード会社勤務を経て、81年より執筆に専念。2006年、『隠蔽捜査』で吉川英治文学新人賞を受賞。08年、『果断 隠蔽捜査2』で山本周五郎賞、日本推理作家協会賞をダブル受賞。また、「隠蔽捜査」シリーズで17年に吉川英治文庫賞を受賞した。他の著書に「ST 警視庁科学特捜班」シリーズ、「東京湾臨海署安積班」シリーズ、『天を測る』『宗棍』など。

ロータスコンフィデンシャル

2021年7月15日　第1刷発行

著　者　今《こん》野《の》敏《びん》

発行者　大川繁樹

発行所　株式会社 文藝春秋
〒102-8008 東京都千代田区紀尾井町3-23
電話　03-3265-1211

印刷所　凸版印刷

製本所　加藤製本

万一、落丁・乱丁の場合は送料当方負担でお取替えいたします。
小社製作部宛、お送りください。定価はカバーに表示してあります。

Printed in Japan ISBN978-4-16-391394-0